中公文庫

あとは切手を、一枚貼るだけ

小川洋子
堀江敏幸

中央公論新社

目次

あとは切手を、一枚貼るだけ

一通め

昨日、大きな決断を一つしました。まぶたをずっと、閉じたままでいることに決めたのです。目覚めている間も、眠っている時と変わらず、ずっと、です。

こんなふうに書くと、余計な心配をかけてしまうかもしれませんが、どうぞくれぐれも深刻になりすぎないで下さい。そもそも人は一日のうち三分の一は眠っているのですし、それ以外の時でも始終瞬きをして自ら視界を遮《さえぎ》っているのですから、もし厳密に目を見開いている時間を測定する機会があるとするならば、きっと驚くほどの短さでしょう。私たちは大威張りで世界を見つめているような気になっていますが、それは錯覚で、実は目に映るものの大半は暗闇なのです。何も恐れる必要はありません。

もちろんこの決心によって、私は多くを失うでしょう。考え直す余地はある、と言ってくれる人もいました。しかし、たとえ目をつぶっていても、こうして、あなたに手紙を書くことはできます。言葉は失われません。だとすれば、それでもう十分です。暗闇に映し出される文字は、白い便箋の文字よりも表情豊かで、奥行きがあります。輪郭はくっきりとしているのに、内側に焦点を合わせると、なぜかしら心細げに揺らめいて見えます。一文字一文字、それらに相応《ふさわ》しい秘密の物語を隠し持っているようです。

暗闇に綴《つづ》られた手紙に貼るとしたら、最も似合うのは間違いなく、ドナルド・エヴァンズの切手でしょう。黒地のストックシートに並べられた、どこか遠いところにある小国の、愛らしい切手。

昔、あなたからもらった初めての手紙を、今でもよく覚えています。正直に告白すれば、中身については何も思い出せないのですが、封筒に貼られていた切手は、忘れがたく記憶に残っています。封書を一通送るのに十分な値段の、ありふれた官製切手の下に、見慣れない切手がもう一枚貼ってありました。それがあなた手製の切手だと気づくまで、しばらく時間がかかりました。

絵柄は一匹の昆虫です。あとで図鑑を開いてみましたが、結局、種類は分からずじまいでした。昆虫、という呼び名以外、他に余計な表現を求めていない、質素な姿の持ち主でした。それは一枚の平たい葉の上に這いつくばっています。体は頭部と胴体、二つの節に分かれ、色はこげ茶色。葉陰から射し込む光に照らされ、つやつやしています。そんな質感も、六本の脚にびっしりと生える産毛も、葉脈も、ちゃんと描かれています。と同時に、小さな四角に収まるよう、ラインは簡略化され、どこにも無駄がありません。

　飛ぶことはできる昆虫なのでしょうか。もしかすると、いざという時には胴体の中央が割れ、中から羽が出てくるのかもしれません。ただし、敵に挑みかかろうとする緊張感はあまり伝わってきません。たいして役に立ちそうもない短すぎる触角を、懸命に前方に突き出しているさまは、これから自分はどちらの方角へ向かうべきなのか、思案に暮れているように見えます。

　絵柄はいっぷう変わっているものの、とてもよくできた切手でした。紙の質といい、発色の具合といい、隅に記されたアルファベットといい、偽物とは思えません。しかも、正式な切手に遠慮する気配はなく、実に堂々と貼られています。けれど何よりそれを本物に見せていたのは、点線を切り離した時にできる、縁のギザギザです。四辺を一周する、その微小な半円の連なりこそが、本物を主張する証拠となっていました。たとえ郵便局員さんが騙《だま》されたとしても、仕方ありません。あるいは正しい料金が貼られている以上、別に構う必要はなかったのかもしれません。思案に暮れる昆虫を、言葉を運ぶための印として認めましょうというように、二枚の切手には平等に消印が押されていました。

あなたは絵が描ける人なんだと、その時初めて知りました。それはうれしい発見でした。私にとって絵の上手な人とは、サインコサインタンジェントの計算が苦もなく解けたり、軽々とバク転ができたりするのと同じくらいに神秘的な存在なのです。

「ドナルド・エヴァンズの真似をしただけだ」

ロマンチックで遊び心のある、手の込んだ切手について私が感想を述べると、あなたは別にたいしたことではないという口ぶりで答えました。

「ママのピンキング鋏《ばさみ》を使うのは、彼のアイデアだ」

縁のギザギザについても、あっさりと種明かしをしました。そうして翌月に巡ってきた私の誕生日に、エヴァンズの画集とピンキング鋏をプレゼントしてくれたのでした。本と鋏、形状の異なる二つを一つに合体させ、どうにかこうにかリボンを掛けたという様子の包みは、私の両手の中で、恥ずかし気にいびつな形をしていました。

国旗から言語、通貨、気候、宗教、風物……あらゆることがらを系統立てて創造し、架空の国をこしらえ、名づけ、その国が発行する切手を、短い生涯の間に四千枚も描いた画家。

画集に記されたエヴァンズのプロフィールを読んで、ようやくあなたの昆虫が図鑑に載っていない訳を理解できました。あれは架空の国の、山裾に広がる雑木林の中に棲《す》む、空想の昆虫だったのです。その国の図書館に収蔵されている図鑑を開けば、きっと名前や餌や交尾の仕方や卵の隠し方も載っていたはずです。あの地味な風貌にもかかわらず、切手になっているくらいですから、もしかすると国の天然記念物に指定されているのか、あるいは乾燥して煎《せん》じたお茶が万能薬として珍重されているのか、とにかく国民たちから慕われている昆虫なのでしょう。

私があのピンキング鋏で作った縫いぐるみのことを、覚えていますか。こげ茶色のフェルト生地を楕円のだるま状に切り、中に綿を詰めた、昆虫の縫いぐるみです。苦心して六本の脚と二本の触角も取り付け、目と口に関してはよく分からなかったので、黒いボタンと毛糸をそれらしく縫い付けましたが、出来上がったのはどう見ても、丸くなることさえできない瀕死《ひんし》のダンゴムシか、太りすぎたムカデの一部、といった代物でした。

私たちはそれを王子ドナルドと呼び、可愛がりました。どんなに飛行機を乗り継いでもたどり着けない、しかし封筒の片隅に間違いなく存在している王国の、若き王子さまというわけです。時折訪ねて来るあなたの小さな姪っ子を、ドナルドで脅かしたり（必ず大泣きしました）、意味もなく撫でまわしたり、棚の埃《ほこり》を拭くのに使ったり、王子には相応しくない扱いを続けたせいでしょうか。やがてそれは触角の片方が取れ、綿がはみ出し、背中に皺《しわ》が寄って、うらぶれた姿になってゆきました。後継者争いに敗れた気の毒な亡命者の風情でした。

捨てた覚えもないのに、いつの間にかそれは姿を消していました。いつの間にか、というしかないやり方で、いろいろなものが私の前から去ってゆきましたが、王子ドナルドは中でも特に行く末が気になる一つです。今頃は過去の争いも収まった祖国に戻り、雑木林の奥、滅多に誰も足を踏み入れない暗がりの葉陰に身を落ち着け、それでもやはり、前方に怯《おび》えながら触角を震わせているのでしょうか。今の私にはその姿がよく見えます。脚先の産毛が枯葉に触れてカサカサいう音や、湿った土のにおいや、触角の先で微《かす》かに空気が動く気配までもが、まぶたの裏側から伝わってきます。

目に見えなくなったものが、だからこそありありと暗闇に存在している。架空の国に棲む王子ドナルドに、これほど適した存在の仕方は他にないと思います。そして画集とピンキング鋏は、王子とは裏腹に、今も私の手元にあります。望めばいつでもページを開き、ギザギザ模様の切れ目を入れることができます。

いつの間にか去ったものと、ずっと残り続けているもの、本当なら遠くかけ離れた場所にいるはずのものたちが、まぶたを閉じたおかげで、ようやく再会できたのです。再会してみれば、別にかけ離れてなどいなかった、手をのばせばすぐに触れられるじゃないか、とお互いに気づき、照れたように微笑み合っています。切手ほどの広さしかない、まぶたの裏の小さな暗闇の中で。

今日のお昼、訪ねてくれた翻訳家の友人が、動物ばかり登場する作品を書く、ユニークなオランダ人作家の話をしてくれました。彼の作品の中に、一文字しか字を知らない象が手紙を書く場面があるそうです。その一文字を何と訳すか考えた末、翻訳家は「く」を選びました。

「くくくくくくくくくくくく……」

何てぴったりな訳でしょうか。書くのが簡単で、形がクッキーの片割れのように可愛らしく、音読するとまるで小鳥の地鳴きか、女の子がこらえきれずに漏らす笑い声のように聞こえる、素晴らしい手紙です。自分もこんな手紙を受け取ってみたいと、つい夢見てしまいます。と同時に、知っている文字がたとえ一つでも、手紙は書けるのだという事実に驚かされます。手紙の持つ底知れない度量に、畏敬の念を抱くと言ってもいいほどです。

象の話を知ればどうしても、もし自分が一文字の手紙を書くとしたら何を選ぶか、考えずにはいられません。同じ笑い声でも、「ほ」では気取りすぎですし、「ひ」や

「け」では意地悪く聞こえます。「へ」はお下品、「ら」はあまりに楽天的。「む」は陰気、「こ」はうるさい。「な」は強制的で「ま」はマザコン的、「あ」になるとなぜか享楽的……。案外難しいものです。

例えば「と」はどうでしょう。

「とととととととととととととと……」

爪楊枝の刺さった一口オードブルがお行儀よく並んでいるようじゃありませんか。音の響きには、爪楊枝に手をのばしながら、どれを選ぼうか、迷い、ためらっている感じが出ています。自分が正しいのか自信が持てず、喉の奥に本当に伝えるべき言葉が隠れているのではないか、と不安を抱えている。そんな慎重さが好ましく思えます。

あるいは、「る」。

「るるるるるるるるるるるるるる……」

丸めた舌の中から転がり出る、つい歌いだしてしまいそうな軽やかさとは不釣り合いな、膝を抱えてうずくまる子どもたちの列。両膝はぴったりとくっつき、両腕に巻かれ、顎《あご》と首の間に押し込められています。視線を上げても、目に入るのは前の子の背中だけ。何のために自分は列を作っているのか、何の順番を待っているのか、知っている子は一人もいません。

きっとこの手紙を受け取った人は、「る」の先端をつまみ、そっと引っ張ってやりたくなるはずです。そうすれば「る」はするすると解《ほど》け、リボンのようにつながり合い、子どもたちはようやく、凝り固まった膝をのばすことができます。列の先で自分たちを待ち受けている何ものかの正体について、心配をする必要もなくなるのです。

　けれどやはり私は「ん」を選ぶことにします。

「んんんんんんんんんんんんんんん……」

　相づちを打っているようでもあれば、小首をかしげ、優しく問い直しているようでもある。考えあぐね、答えを保留し、時間を稼いでいる。すべてを肯定し、許している……。さまざまな読み方ができるでしょう。しかしこの手紙に記されているのは、ここに言葉はない、ということです。喉の奥にも舌の中にもリボンの結び目にも、どんな言葉も隠れてはいません。いくら便箋一面を「ん」で埋め尽くそうとも、ただ無言が深まってゆくばかりです。私があなたに届けようとしているのは、つまりそういう手紙です。

　まぶたを閉じている私に、それでも当然のように友人は新訳の小説を一冊置いて、アムステルダムへ帰ってゆきました。三十年もあちらに暮らしている彼女ですが、今でも、しばらくこちらに戻っていると、みるみるオランダ語が下手になってゆくそうです。スーツケースに荷物を詰め、アムステルダムを発《た》つ準備をはじめただけで早くも、オランダ語が揺らいでいるのが分かる、と彼女は冗談めかして言いました。

三十年かけ、努力して積み上げた言語より、一言も喋《しゃべ》れない赤ん坊の時、訳も分からず勝手に耳に入ってきた母語の方が、ずっと強いという証拠でしょうか。少しでも油断すると、無敵の赤ん坊が積み木の塔を破壊しにやって来ます。口元には太々《ふてぶて》しい笑みが浮かび、瞳はやる気満々に輝いています。「アー、ウー、アー、ウー」うなりながら、よだれや離乳食や汗でべとついた手を情け容赦なく振り回す赤ん坊の前では、ぐらぐらする積み木などひとたまりもありません。何のためらいもなく崩れてしまいます。

母語とオランダ語、二つの間に架かる、積み木のように華奢《きゃしゃ》で危うげな橋を、一歩一歩慎重に、勇気を持って行き来している彼女に、私は心から尊敬の念を抱きます。異なる言語を往復するのは、どんなに広大な海を渡るよりも心細い旅でしょうから。

母語に、母、という字が使われているのは、この心細さを少しでも和《やわ》らげるためかもしれません。父、ではどうも収まりがよくない気がします。積み木を崩す赤ん坊を抱き上げ、揺すってなだめるのは、やはり母の腕です。

一文字しか字を知らない象の手紙について、私がこうして思いを巡らせることができるのは、勇気ある言葉の旅人のおかげです。そう言えば、人間の赤ん坊が指しゃぶりをするように、子象も鼻をしゃぶるのを知っていますか？　考えてみれば、指であれ鼻であれ、自分の体の一部を口に入れないではいられない、というのは面白い習性です。人間は無意味なことをやる生きものですから、美味しいはずもない指をしゃぶるからと言って別に不思議ではありませんが、摂理に従って生きる利口な野生動物までもが、同じ仕草をするというのは、ちょっと意外です。

　あれは、自分で自分をこの世界に留めておくための抵抗なのでしょうか。自分がどこか知らない遠くにふわりと吸い込まれてしまわないよう、指と鼻を一生懸命に引っ張っている。そう考えれば、人間の指と象の鼻は、引っ張るのにうってつけの出っ張りと言えます。

　サバンナの水辺で休憩する、象の群れがいます。乾季、水を求めて歩き続けた彼らは極限まで疲れています。何日かぶりにありつけた水を味わい、ひび割れた皮膚に泥を掛けて潤し、体温を下げるために耳をはためかせます。そうしながらも大人たちは、貴重な水辺に集まって来る他の動物たちへの警戒は忘れません。真っ黒い目には常に緊張が漲《みなぎ》っています。

　大人たちの脚の間に守られ、子象が一頭見え隠れしています。最初に水を飲ませてもらって、ようやく人心地ついたところです。途中、砂嵐に巻き込まれ、目を開けていられず、方向を見失って群れからはぐれそうになったことなど、もう忘れています。もし母象が咄嗟にお尻を押してくれなければ、あのまま見当違いの方へ進んで、一人ぼっちになり、今頃は肉食動物たちの餌になっていたはずです。子象は自分が目をつぶっているのに気づかなかったのです。しっかり目を見開いて、砂嵐の中にかすむ母の姿を追い掛けているつもりでした。でも本当は、まぶたは閉じられていました。子象の瞳に映っていたのは、まぶたに透ける太陽の光が、涙に反射して舞う、架空の砂嵐でした。

しかし、いくら小さすぎて大事なことをすぐに忘れてしまう子象でも、生まれて間もないものだけに授けられる、遠い暗闇から届く信号を受け取る力はちゃんと備えています。だからこそ、暗闇に吸い込まれないため、自分の体は今ここにあるのだという事実をかみしめるため、一生懸命鼻しゃぶりをしているのです。

その時、子象の鼻から漏れる音は、

「くくくく……」

でしょうか。それとも、

「んんんん……」

でしょうか。

偶然にも、ドナルド・エヴァンズが死んだのもアムステルダムでした。アメリカ、ニュージャージー州に生まれた彼は、アムステルダムの友人宅で火事に遭い、三十一歳で命を落としました。

この世にはないけれどどこかにはある切手を描き続けた画家が、火事で亡くなったという事実を思い出すたび、哀切でならないのに、なぜか、その死を悼むための手立てを見失ったような、それらもエヴァンズと一緒に焼けてしまったかのような心細さを感じます。手を合わせたり、祈りの言葉をつぶやいたりしても、きっとエヴァンズには届かないだろうという気がしてしまうのです。

彼は自分の死に気づいているのでしょうか。三十一歳の若さで、不意に訪れた死を前に、何が起こったか分からないままでいるとしても、不思議ではありません。

エヴァンズにはもっと指しゃぶりが必要だったのではないか。私は馬鹿げたことを考えています。歳を取ってから授かった息子を大事に思うあまり、生まれて一か月の間、母親は赤ん坊のエヴァンズを誰にも見せなかった、というエピソードをどこかで読みました。この、伝説的な愛の表現のために、もしかすると彼は指しゃぶりをしなかったのかもしれない。もっとたくさん指しゃぶりをして、自分とこの世界の地面をちゃんとつなぎ留めておけば、炎の中、のびてくる手に引っ張られ連れ去られることもなかったのではないか……。象の鼻しゃぶりが、私にこんな連想を呼び起こします。

哀悼の意であれ何であれ、彼のもとへ届けられるのは、彼の切手を貼った手紙だけです。それだけははっきりと分かります。

彼の描いた切手は、一八五二年から一九七三年の間に発行されています。引き算をすると、百二十一になります。この数字と、エヴァンズの享年をどうしても比較しないではいられません。するとごく自然に、彼は自らこしらえた架空の切手の中でまだ生きているのだと、思えてきます。恐らく疑問を差し挟む人はいないでしょう。郵便局員さんでさえ、確信をもって消印を押すはずです。

アムステルダムにあるアンネ・フランクの隠れ家には行ったことがありますか？ドイツを逃れ、オランダに移住したフランク一家の父オットーが、食品関係の会社オペクタ商会を設立したのは、アムステルダムの中心地に近い、プリンセンフラハト２６３番地。いかにもオランダらしい様式の、長四角の建物でした。目の前を運河が流れ、すぐ脇には立派な鐘楼《しょうろう》を持つ教会が建っています。この会社の裏側にくっついている建物、〝後ろの家〟に彼らは隠れました。

エヴァンズが火事に遭った建物と、アンネの隠れ家は近いのか、ふと気になりました。火事があったのは一九七七年。その時にはもう、隠れ家は記念館としてオープンしていました。ちょっと地図を広げて調べてみればすぐに分かるはずですが、お察しのとおり、今はそう簡単に事は運びません。

でも勝手に、さほどかけ離れてはいなかったように思っています。まっ平らで小さな街です。アンネとペーターが二人だけの時を過ごした屋根裏部屋の小窓から、煙が見えたとしてもおかしくありませんし、消防車のサイレンだって聞こえたかもしれません。緊急車両のサイレンは隠れ家の人々にとって、いつでも不吉な死の合図でした。隠れ家中の窓が鎧戸《よろいど》と分厚いカーテンで閉ざされていた中、屋根裏部屋の小窓だけは、昼間でも外をのぞくことが許されている貴重な場所でした。アンネはペーターと一緒に窓辺に座り、マロニエの枝にきらめく雫《しずく》や、日差しを受けて銀色に輝くカモメの群れを見つめ、その美しさに言葉を失います。

「これが存在しているうちは、そしてわたしが生きてこれを見られるうちは――この日光、この晴れた空、これらがあるうちは、けっして不幸にはならないわ」

一九四四年八月四日、隠れ家の人々を連行するために秘密警察の自動車は、やはりサイレンを鳴らしていたのでしょうか。お天気のいい午前中だったそうです。きっとマロニエもカモメも、空も風も、夏の光の中、いっそう美しく映《は》えていたに違いありません。エヴァンズが死んだ時、隠れ家の人々はオットー・フランク以外、みんな既に死者になっていました。

『アンネの日記』は、架空の友人キティーに宛てた手紙です。アムステルダムのポストには投函されないけれども、架空の世界でのみ許される方法で届けられた手紙。言うまでもなく、その方法とはエヴァンズの切手を貼ることです。

小さい頃からなぜか、閉じ込められている人、閉じこもっている人、閉じ込める人に、強いこだわりを感じてきました。アンネ・フランク、ラプンツェル、『人間椅子』の家具職人、オペラ座の怪人、ジョゼフ・コーネル、『床下の小人たち』、ノートルダムの鐘つき男、ロベール・クートラス……。あるいは閉じられた四角い升目から永久に脱出できないチェスやオセロ、蓑虫《みのむし》、纏足《てんそく》、ホルマリン漬け、箱庭、ドールハウス、円筒状の海綿の中で生涯を送るドウケツエビ……。当然、切手という最小のサイズに一つの世界を閉じ込め、ピンキング鋏で周囲を封じた、ドナルド・エヴァンズも仲間です。

彼らは独自の境界線の内側に潜んでいますが、孤立しているわけではありません。私の心の中にある湖に、各々ボートに乗って浮かんでいます。縁に立てば、一目で輪郭をたどれる、池と見間違うほどの湖です。とは言え、ボートがぶつかり合うことなく自由に漂ってゆけるほどの広さは保たれています。波はなく、湖底は深く、水は薄緑色です。

どんな水路ともつながっていない、ぽっかりと宙に浮かんだような湖なのに、彼らがどこからどうやって集まって来たのか、私にも分かりません。彼らの性質上、互いに手を携えてというわけにはいかないはずですから、各自の事情に従い、無言のうちに、一艘《そう》、一艘、出現したのでしょう。新しい仲間が増える時にも、特別な歓迎はなく、興奮もなく、水面は穏やかなままです。

大胆にオールを漕ぎ、優美な波紋を描きながら進んでゆくボートもあれば、入り組んだ岸辺に舳先《へさき》を向け、ただじっとしているだけのボートもある。あるものはただ自然の流れに任せ、あるものは一点でひたすら回転している。時折、何かの拍子にはっとするほど接近する場合もありますが、声を交わしたりはしません。一瞬視線が交わっても、礼儀正しく目礼をするばかりです。

岸辺に立ち、私はそんな彼らを眺めます。ボートからも、湖からも、彼らは決して出て行こうとはしませんから、安心です。彼らの沈黙を邪魔しないよう注意しながら、水面に響く微かな気配に耳を澄まします。

いわば湖は私の友人たちを招き入れるための小部屋です。親しみを感じ合えるもろもろを図柄にした切手の収集帳です。あらゆる言葉を受けとめてくれる日記です。

まぶたを閉じ続けると決めた時、今、自分の湖に自分のボートを浮かべたのだと分かりました。自分でこしらえた小さな湖に、自分を閉じ込めたのですから、何の不安を感じる必要もありません。そこは懐かしい場所です。きっとアンネは私の日記を読んでくれるでしょう。王子ドナルドは絵の描き方を教えてくれるはずです。それでも時折淋しくなったら、チェスを指し、鐘を打ち鳴らし、纏足で爪先立ちをして、ダンスを踊りましょう。

昔観た映画にこんなシーンがありました。妊娠中の警察署長が、厄介な狂言誘拐事件を解決し、旦那さんと一緒にベッドで寛《くつろ》いでいます。風采はぱっとしませんが、物静かで大らかそうな旦那さんです。その彼が、ちょっと恥ずかしそうに、自分の描いた絵が切手の図柄に採用されたことを告白します。奥さんは心から喜び、祝福し、才能を称えます。でも、三セント切手だから……と、旦那さんはなお控えめです。やがて生まれてくる赤ん坊と、新しく発行される三セント切手のことを思いながら、二人は幸福をかみしめます。

将来、もし結婚することがあるなら、こんな夫婦になりたいなあなどと思ったものでした。当時はまだ、無邪気な夢を見るのが許される歳だったのです。あのシーンを思い出すたび、結婚の幸せがどういうものか自分にも実感できるような錯覚を、ひととき味わうことができます。その錯覚を象徴するのが、切手です。ほんのわずかなお金の価値しかないにもかかわらず、それと反比例するかのように、あらゆる世界のあらゆるもろもろを閉じ込める広大さを隠し持ち、信じがたい距離を苦痛も訴えずに移動し、なおかつ、封筒の片隅にあって決して出しゃばらない、いじらしい切手。

今日は、警察署長の旦那さんが描いた、三セント切手の図柄を想像しながら、眠ることにします。まぶたを閉じ続けていると、どこからが眠りでどこからが目覚めか、はっきりしないのではないかと、余計な気を回してしまいます。以前眠るために目をつぶっていた頃、視界が暗くなるのが眠りの合図だったのと同じような、ちょっとした区切りがほしいのです。なので暗闇に切手を映し出し、その四角が消えた時、ああ、自分は今眠りに落ちたのだと思うことにしました。三セント切手は、きっと穏やかな眠りをもたらしてくれるでしょう。実は昨晩、永久にまぶたを閉じる決断をした最初の夜、眠りの合図を送ってくれたのは、あなたの昆虫の切手でした。

私のせっかちな性格は、あなたもよくご存じのとおりで、それは今でも変わっていません。早口で、早とちりで、味のなくなったガムはすぐに捨てないと気がすみません。だからこそ、不利を承知で先攻を取りました。チェスでも野球でもカーリングでも、後攻の方が有利なのは明らかなのに、やはりどうしても、一呼吸おいて辛抱するということができなかったのです。

どうか、ご返事のお気遣いはなさらないで下さい。言わずもがなですが、ご返事を頂いても、私には読めません。一回の表の攻撃が終わったところで、雨天、ノーゲーム。それはさほど珍しくないパターンです。

長々と失礼いたしました。読んで下さってありがとうございます。心からの感謝を捧げます。

おやすみなさい。

春の終わり、風の強い夜に

二通目

はじめてきみに出した手紙に架空の切手を描いて貼ったことは、ぼくもよく覚えています。花、鳥、樹木、動物、魚、乗り物。子ども向けの図鑑でよく見かけるおおまかな分類に従って描きためていた〇・五三サンチームのシリーズからどうして昆虫を選んだのか、その理由をきみは一度も尋ねませんでした。もちろん受け入れられるのを承知で官製切手に添えたのですが、きみはあの長方形に閉じ込めた昆虫が架空の存在ではなく、ウンゲツィーファーと呼ばれる実在の虫であることを、差し障りがあって図鑑には載せられない虫であることを、ほんとうは知っていたはずです。なぜなら、あれは過去における未来の、きみ自身の姿であり、過去における未来を見越してぼくが思い浮かべていた自分の姿でもあったからです。きみがまぶたを閉じるであろうことをまぶたを持たない虫に予見させたのは、その乾いたまなざしが、心を外へと開くように迫る世界に対しての、積極的な防御となりうると考えたからでした。

ウンゲツィーファーには、まわりの言葉が理解できます。しかし、自身の言葉を守ろうとする誠実さがしだいに周囲の無理解を呼び寄せ、人語を人語でなくしてしまうだろうことも、自分の発する声が得体の知れない獣の唸り声にしか聞こえないだろうことも知っていました。言葉を死守するにはもう、ながすぎる触角を断ち切って部屋にこもるしかなかったのです。きみの友人が教えてくれたという、一文字しか知らない象の手紙の話も、そのこげ茶色の甲虫と無関係ではありません。言葉にならない一文字の音楽は、そのまま無言に裏返ります。最初のころに、きみはもうおなじことを語っていました。手紙って結局、無言の交信に等しいのですね、その無言の質を高めるには、生身の人間として顔を見合わせ、質量のある言葉と声をたがいに送り合わなければならないのですね、と。自身の言語を沈黙に近づけていったあの切手のなかの虫は、ふたりの関係のおおもとにあるものなのです。

　きみに謝らなければならないことがあります。誕生日に贈ったピンキング鋏は、未来を見据えたひとつの賭けでもあったのです。もしかすると、きみは遠くない将来、闇に閉じこもる誘惑に打ち克《か》つため、みずからの手でまぶたを断ち落とすのではないか。その場合、鋭利なカッターでもラシャ鋏でもなく、あえて扱いにくいピンキング鋏を使うのではないか。そんなふうに想像していたのです。切られたまぶたからは一滴の血も流れず、神々しい幣《ぬさ》の白さを保って、深い湖の底に沈めた銅鏡のように心を映し出していたにちがいありません。白をまとって人目を避け、見えない光景を見ようとするのは、巫女《みこ》のつとめです。闇を選び取り、どんな国にもない切手をまぶたの裏に投影するのは、自分ひとりではなく、この世界に対する一種の卜定《ぼくじょう》なのです。もちろん、閉じようと閉じまいと、ぼくはきみに従って歩くつもりでした。

描いた切手はほぼ実寸です。ピンキング鋏でギザギザをつけたと言いはしたけれど、それはごく初期の話で、あの半円はシート状に描いた切手の四辺に鉛筆で薄い線を引き、それに沿って古い手動タイプライターのピリオド・キーで黒いドットを打ってから、線分の真ん中をふつうの鋏でカットしたものなのです。黒い紙に貼れば、半分残った黒が保護色になって消え、白が波状に残ります。これまで送った封書がすべて黒だったのは、そのせいです。訃報を真似たわけではありません。ただし、ドットの大きさや間隔は、一枚ずつ慎重に計算されています。花のシリーズは一九二〇年代のスミス・コロナ、鳥は一九三〇年代のアンダーウッド、魚は一九四〇年代のレミントン、動物は一九五〇年代のオリンピア、樹木は一九六〇年代のオリベッティ、乗り物もやはり一九六〇年代のヘルメス。シリンダーの硬化とキーの摩滅によって、ドットの並びにも色合いにもばらつきがでる。ぼくにはそのばらつきによる隙間が、完全な閉塞を許さない心の光彩のように思えるのです。闇のなかに射すかすかな希望の光と言い換えてもいいでしょう。

じつは、あのとき贈るつもりだったのは、ドナルド・エヴァンズの画集ではありませんでした。探しても探しても見つからなかったため、急遽《きゅうきょ》エヴァンズにご登場願ったのです。乱雑な書庫から発見できなかったのは、かえって幸運だったかもしれません。なぜなら、それは起きているあいだもまぶたを閉じると決意した、現在のきみにこそふさわしい本だからです。写真と文章で構成されたその小さな本を持ち歩いて、いったい何度ひもといたことでしょう。自室で、ホテルで、図書館で、カフェテラスで、暇さえあれば眺めるようになり、書店の平台で見つけた日から、いつのまにか二十数年が経過してしまいました。そのあいだ、ぼくはその本の著者、ユジェン・バフチャル——片方ずつ視力を失い、ついに盲目となった写真家——の内側に入り込み、読めない言語で書かれている本を読めないままに読み返し、読者なのか作者なのかが不分明になるほどのめり込んでいきました。現実と夢想の入りまじったこの本との関係を、ぼくはきみと共有したかったのです。

湖のほとりできみと出会う前から、ぼくはこの作者とともに、だれのものでもない書物を書きあげようとしていました。これ以上深入りすると、まぶたを閉じるどころか二度と光のある世界で呼吸ができなくなる一歩手前まで、まちがいなく到達していたのです。しかしぼくは、怖れをなして引き返しました。ひとりではとても無理だと判断したからです。本はその失態ののち、行方知れずになりました。それが甲虫のように書庫の隅でうずくまっているのを発見したのは、つい先日のことです。誤解しないでください。ぼくは愛すべきウンゲツィーファーに、腐った林檎をぶつけて追い立てたわけではありません。向こうが勝手にあらわれて、甲虫の背に薄くはかない天使の翅《はね》をまとい、右に左に、上に下にと飛びまわって右の肩にとまり、さあ、もうそろそろいいだろう、とつぶやいたのです。迷うことはない、彼女のもとへ送ってくれ、と。だれが迷ったりするでしょう。今年のきみの誕生日になんとしても届けたいと、ぼくはいちばん近い郵便局までの船をさっそく手配しました。きみの心の湖面が凍りついたときでも前に進めるよう、砕氷機能のある船です。万一に備えて、数日分の食料も積み込みました。ところが、出発の朝になって、きみからの便りが届いたのです。「まぶたをずっと、閉じたままでいること」を決意したと告げる手紙が。

　きみは言葉を一語一語選んで、重ねていったのでしょうか。口述もせず、まぶたに映写した文字を金色のまつげのピンセットでつまみあげて、余白の多い活版に組んでくれたのでしょうか。一読してぼくは、すべての文字が同時に、収まるべき場所に収まった状態で紙に焼きつけられている、念写のような手紙だと感じました。どう応じたらいいのか、途方にくれました。こぼれ出てくる言葉を拾い集めるのではなく、こちらもおなじように、思いをいっぺんに印画紙に焼きつけるべきなのでしょうが、そんなことはとてもできそうにありません。なにか反応しうるとすれば、蛍になったウンゲツィーファーの光跡を漫然と追いながら、きみといっしょに、先の本の世界に半身を入れることだけです。本のなかの語り手はぼくの分身であり、そこに登場するきみは、いまこの手紙を読んでいるはずのきみなのです。本のなかのぼくが体験したであろう出来事を、現実のぼくは自分のこととして身体の奥深くに沈め、それをきみとともに生きる。そんな奇妙な手順があるのかって？　わかりません。でも、「ぼくたち」がこの先も旅をつづけるには、もうそれ以外の方法がないような気もするのです。

＊

あの日、ぼくは急いでいました。村のはずれにある家から学校へ通うには、丘をぐるりと半周し、そこから比較的ゆるやかな斜面に敷かれた砂利道をたどっていくことになっていました。村役場で定められた一本道の通学路です。中腹までのぼってしまえばあとは時計塔のある校舎まで見晴らしのいい平原になっており、仲間の姿を遠くからでも見分けることができるのです。けれど、その日、ぼくは規則を破りました。

学校の敷地の裏手にある湧き水の池に、幻の昼蛍が舞うと聞いていたからです。蛍には、夜光るものとそうでないものがあります。昼に活動する蛍は発光器が退化して、光を放つことはありません。

ところが、何年も前に、在野の研究者でもある理科の先生によって、赤、青、白と色を変えながら、昼の陽光のもとでもはっきり認識できるほどの光を放つ特殊な発光器を腹部に備えた蛍が発見されていたのです。村の教育委員会は、それが種の分類上、まちがいなく蛍であると判明するまで、学術的な発表を控えるよう先生に命じました。ある程度の個体数の生息が把握できた段階で公にし、村を昼蛍の里として売りだそうと目論んだのです。先生は素直に従いました。翌年も見られるはずだと思っていたからです。発見の二年後、先生は病を得て、次の年に亡くなりました。昼蛍が再び確認されたのは、それからさらに一年後のことでした。あとを継いだ研究者たちは、発見時の記録と二度目の発生の折の状況をつぶさに分析しました。三色の乱舞が澄み切った水面に映えるまでどれだけの時間を要したか、池の周囲にどんな木が色づき、どんな花が咲いていたか、また、陽がどの程度照り、影がどこまで伸びていたかが照合されました。あの日、これら二度の出現とおなじ状況ができあがりつつあったのです。そしていよいよ、明日の午後二時から三時までのあいだに昼蛍が光の糸を引く可能性が高い、という発表がなされました。先生の死が村のお歴々を動かしたのです。

なんとしても、その光を見たい。だれよりも先に見つけて、できることなら、こっそり一匹つかまえたい、とぼくは思いました。母の誕生日に贈りたかったのです。そのためには、池の南側にある茂みに身をひそめて、仲間に見つからないよう、すばやく捕獲しなければなりません。ぼくは通学路をはずれ、ふだん入ってはいけないと言われている林を抜けて池に向かいました。歩き慣れない道でした。勾配がきついだけでなく、木々で陽光がさえぎられ、薄暗くて先がよく見えません。それでも、自分の背丈より高い木々のあいだをなんとか手探りで進み、汗びっしょりの状態で水の照り返しを感じるところまでたどりつきました。ほっとひと息ついた、その瞬間の出来事でした。水辺の硬い松の枝が、視野を確保するためにかき分けた手の先からふいに弾かれて、左眼を強く打ったのです。刺さった、というほうが正確でしょうか。まぶたはぼくの眼を守ってくれませんでした。声をあげることもできずその場にうずくまり、痛みが引くのを待ちましたが、押さえた手から血がしたたり、頭蓋は熱を持ちはじめ、だんだん呼吸が苦しくなってきました。ぼやけた意識のなかで、人の声がかぼそいノイズになって伝わってきます。仲間たちが集まって来たようでした。左眼を励ますようにして、右眼も閉じました。闇が下りました。ところが、その闇の先に、白い光の玉がいくつも浮遊しているのです。痛みのあまり自分がなにをしに来たのかさえ忘れていたぼくは、それが昼蛍の光であることをようやく理解しました。うっすら開けた右眼に、翅の生えた光がつぎつぎに差し込んできます。そこで、気を失いました。

目を覚ましたのは学校の保健室でした。血は止まったようですが、痛みは引いていませんでした。白濁した視野のなかに、母の顔が浮かんでいます。この子を、すぐ医者に診せてください。教会前広場にある医院の名をあげた担任の先生に、母は泣きながらうなずきました。こんな涙は見たくありませんでした。ぼくからの贈り物に涙する予定だったのに。先生、とぼくはかすれた声を発しました。昼蛍は、何匹くらい出たのですか。きみはあそこにいたんだろう。はい。だったら、そういうわけだ。そういうわけって？　昼蛍は、一匹もあらわれなかったんだよ。

結局、左眼は視力を失っていると診断されました。しかし、そんなことは、どうでもよかったのです。あれはまちがいなく昼蛍だった、だれにも見えない昼蛍がぼくには見えたんだ、ぼくにしかわからない光の天使だったんだと、むしろ誇らしい気持ちになってさえいたのです。ぼくは十歳でした。父は銅製の鍋をつくる立派な職人でしたが、七歳のときに亡くなり、母とのふたり暮らしでした。左眼は犠牲になったけれど、特別な光を得たんだ、これからはその光で母を照らすんだと、心に誓ったのです。

残念ながら、この模範的な野心はわずか一年後についえました。学校のある丘と相対した廃鉱の山で、友だちと廃物を拾っていたときのことです。かつて現場で使われていた資材があちこちに捨て置かれているその空間は、格好の遊び場でした。鉄くずを集めて売る仲間もいました。村のバザーに出せるかと思って、ぼくも形の整った道具類を集めていました。どのくらい漁っていたのか、日が暮れかかったころ、山の斜面に、泥にまみれた鉄製の工具箱らしきものが顔を出しているのを見つけたのです。驚喜して、持ち帰ろうと、把手をぐいと引きました。その瞬間、爆音と爆風に襲われ、またしても気を失って、一年前に世話になった医者のところへ担ぎ込まれました。傷ついたのは右眼でした。母は悲しむのを忘れて、ぼくを叱りつけました。触れたのは工具箱ではなく、起爆装置だったのです。

慎重な検査の結果、いまはなんとか機能しているものの、徐々に見えなくなるであろうとの診断が下されました。もうじき右の眼にも昼蛍の光が映るんだ、それを受け入れよう。ぼくは覚悟を決め、残されたほうの眼がなくなったときのために、少しずつ準備をはじめました。見えなくなってからの生活に備えるのではなく、視力を失うまでの心の状態をつくりあげていく作業です。広大な砂漠で迷った者は、そんな対処の仕方をするのではないでしょうか。現在地はどこか、砂漠の真ん中で知ろうとしても意味はありません。むしろ現在地を放棄するほうが、砂漠の広さを消すことにつながるのです。見えない眼球の光に、きらめく砂をまぶしていこう。そう考えたのです。

昼蛍の光を手に入れるかわりに、日々の生活を覆ってくれる光に対してながいお別れを言うこと。完全に光が消えるまでに時間を要したのは幸運でした。いま身のまわりにある世界の色を、美しい物たちを、空の変容を、雲の流れを、水辺のきらめきを、愛する将来のきみの吐く白い息を、日向《ひなた》に寝そべる猫の毛を、祖母が焼いてくれるパンの焦げ具合を、なにひとつ忘れまいとして、ありとあらゆる事象を丁寧に心をこめて見つめ暮らしたのです。こんなにも世界が美しいなんて、想像もしていませんでした。それをぜんぶ、すべての色のパレットを用意して闇のなかに持っていこう、ピクニックにお弁当を持っていくみたいな、気楽な感じで。

　完全に見えなくなってから、ぼくはおなじ境遇の若者が集まる学校に通って、今度は準備ではなく同化の訓練に入りました。そのころにはもう、自分を取り囲むあらゆる事象を色でイメージするようになっていました。過去に蓄えた色をあてがうのです。きみが湖畔で声をかけてくれたとき、まぶたには血の色ではない、鮮やかな赤が浮かびました。話すにつれて、その赤は少しずつ茶色がかり、やがて濃い臙脂《えんじ》になり、芳《ほう》醇《じゅん》な葡萄酒を想わせる変化を見せたのです。以来、きみの存在はつねに葡萄酒の色と結びついています。色の回路が開かれたぼくは、他の人にはなかなか説明しづらい行動に出ました。写真を撮りはじめたのです。ポートレイトです。

　光の窓口がふたつとも閉じられている状態で、どうやって写真を撮るのか。むずかしいことではありません。撮影はいつも室内です。撮らせてくれる人にはぼくの正面に来るようお願いし、灯りを消して闇にします。そのうえで、ぼくは手をのばし、被写体に触れて、自分との距離を把握するのです。大切なのは、写真を撮る前に、やりたいことを言葉で説明し、手で触れて輪郭をなぞることです。その段階を経ると、ぼくと被写体のあいだを、少しぬくんだ空気の球が行き来するようになります。こちらから送り出した空気玉が相手に当たって跳ね返ってくると、石鹸の泡がはじけたときのように匂いが感じられ、色が付されるのです。光のなかにあった世界からその光を失うことなく闇に合流しえた者にのみ許された、魂の交感が生じるのです。いいですね、では、照明を当てて、シャッターを押します。闇の世界を、闇の箱に閉じ込めます。すると、光を放つ魂が、昼に舞う蛍のかがやきが、ぼくの利き腕ではないほうの手といっしょに記録されるのです。

しかし、写真を撮らせてほしいとお願いした人たちは、いちように驚きます。声と、身体の震えと、滲《にじ》み出るとまどいで、それと察せられます。シャッターは押せるとしても、自分で現像することも焼きつけることもできず、プリントになにが写っているかも確認できないのに、なぜ写真を撮るのか。ぼくに被写体は見えません。被写体はぼくに見られていません。人は、ふつう、カメラに眼を向けてそれらしい顔をつくります。レンズに眼が向いていなくても、見られている感覚をもとに表情を整えるのです。こわばったり、ぎこちなくなったり、不自然な笑みが全体に波及しないよう努力します。その根本が欠けている状態で、はたしてポートレイトは成立するのでしょうか。わかりません。わからなくてもいいのだと、ぼくは考えています。

　それにしても、まなざしとは、なんなのでしょう。まぶたは視線を送る誘惑を断ち切るための、正しい装置なのでしょうか。ぼくはいま、まだ会ったことのないきみの姿を思い浮かべています。きみの顔がぼんやりと、手で触れられる距離にあります。けれど、まぶたを開けた瞬間、きみはもうどこにもいません。まなざしとは、一種の夢です。夢の総体と言ってもいいでしょう。ただし、そこに悪夢はふくまれません。深い闇、と詩人はうたいます。底知れぬ闇、と作家は書きます。昼蛍を頭蓋に飼っているぼくは、その誤りを指摘できます。闇はただの見かけにすぎません。人の暮らしは、どんなに薄暗い場所でも光からできています。光と闇は、表裏しません。闇は光の変奏なのです。宇宙は闇からではなく、光からはじまったのです。そして、光がなければフィルムは感光しません。ぼくが写真を撮るのは、まぶたの裏のスクリーンに、外にはけっして表出されない映像を、たとえばきみの微笑みを投射したいからだろうと思います。カラーフィルムは使いません。モノクロでなければ、それは表現できないからです。

　ともあれ、存在の輪郭を描く作業は、プリントした段階ですでに不可能です。刷りたての写真の表面に指の腹を這わせ、ほおずりをし、てのひらを当てたところで、なんのぬくもりも伝わってきません。ぼくには、この物語の外にいるきみのように、事物の心を読み解く力はないのです。現像したとたん、そこにあった麗しい闇の世界が消失してしまうのですから、どんなふうに写真を撮るのか、どんなふうに眼を閉じたまま世界を見るのか、その手探りの数刻を慈しむことしかできないのです。

いや、そうではありません。自分には見えない写真を他者の声で描写してもらう快楽があります。だれの声でもいいというわけではなく、信用できる人の声だけが、ぼくが発する昼蛍の言葉を理解してくれる人の声だけが必要なのです。意味不明の言葉を意味不明のまま引き受け、そのうえで、意味のかけらがダイヤモンドダストのように降り注ぐのを、ともに待ってくれる勇気のある人の声が必要なのです。まなざしを失う前、郷里の谷でぼくが最も愛したのは風でした。頬を撫で、髪をかきあげ、木々の枝を揺らし、湖水に波を立たせる風。その風が、なぜか、だれよりも聞きたいと思うきみの声をさえぎるのです。ぼくが撮ったきみのポートレイトがどんなふうに仕あがっているのか、自分の姿を見てそれをどう思うかを説明してくれるきみの声が、聞こえなくなるのです。だから、お願いです。風の影響を受けないところに、声の聞こえる場所にいてください。電話ではなく、生の声が届くところに。

＊

あめんぼの舟できみの心のなかの湖のほとりに乗りつけ、はじめてきみの部屋に足を踏み入れたとき、ぼくのなかで、もうひとりのぼくが動き出しました。水面の照り返しと木漏れ日を受け入れた窓が閉じられ、闇に包まれたのを確かめたそのぼくは、きみの写真を撮らせてほしい、と思いもよらないことを口走っていました。きみにはまだ、まなざしがありました。それなのに、きみは、ぼくのなかのもうひとりのぼくの願いを読み解いて、すぐにうなずいてくれたのです。明るい陽射しの降り注ぐたがいの闇のなかで、ぼくたちは距離を縮めていきました。半歩進み、一歩進み、二歩、三歩進み、四歩目できみはぼくの手を取って、そっと抱き寄せてくれました。そして、いつもの、少しせっかちな口調で、いくら風が吹いてもかき消されることのない耳もとで、こう言ったのです。さあ、早く、私の闇から、光を奪ってちょうだい。

ぼくは、もうひとりのぼくの励ましをうけて語りました。音が聞こえます。川の音です。せせらぎ、川瀬の岩を打ちつける水の冷たさ、川辺のしめった草の匂い、松林のなかにひろがる脂《やに》の香り、教会の尖塔、黒光りするカラス、傷ついたリスのしっぽ、倒木にむらがるキノコの色彩、腐植土を踏む鹿の蹄の軽み、コップに半分残った林檎酒、朝食の卵、うさぎの下腹に触れたてのひら、かびのはえたオレンジ、失敗したベシャメルソース、甘いミルクの後味。ぜんぶ、きみの記憶から伝わってきます。額をこちらの首筋にあずけたまましばらく黙っていたきみは、ひと呼吸おいて口を開きました。わからない、あなたの言ってること、全然わからない、でも、だからこそ、私にはわかる。ぼくはきみをソファーに座らせ、隣に腰を下ろすと、顔の輪郭を手でたどってそこに天使の光を当て、羽毛のシャッターを押しました。闇から奪った光が暗箱に収められたとき、どこでもない国がここにしかない国になったことを、ぼくたちは理解したはずです。

ずっと封印していた、そのときの写真を、ぼくはきみに送りたいと思いました。ぼくのなかのもうひとりのぼく、昼蛍を見た物語のなかのぼくには、それが見えません。ぼくの分身であるそのぼくのために、この写真にどんな光と影が写り込んでいるのかを、きみ自身の言葉で描写してほしいと願ったのです。なのに、きみはまぶたを閉じたという。暗箱に入ったまま、出てくるつもりはないという。これほど残酷なことがあるでしょうか、などと怒ったりはしません。そのかわり、送られてきた手紙を何度も指でなぞりました。凹凸のない紙から、きみの肌の匂いがうっすら立ちのぼってくるような気がしました。きみからのながい手紙を、ぼくは視力を失ったぼくのために、姪っ子に頼んで音にしてもらいました。読み終えると、姪っ子は呆《ほう》けたようになっているこちらを見て、カモミール・ティーでも飲む？　と尋ねました。うなずくと、彼女は手紙をもとどおりにたたんで、封筒に戻しました。そして、なんだか切手の絵が滲んでぼやけてるみたい、印刷じゃないのかな、と首をかしげました。

　それでもいい、とぼくは思いました。にせものでも、架空の切手でもいい。きみが実在しなくてもかまわない。時が経つにつれて絵柄が薄れ、やがてすっかり消えてしまっても、きみに触れ、きみのうなじから漏れ出ていた光を捉えた写真について、これからも語り合いたいのです。まだだれも理解できていない、ウンゲツィーファーの言葉で。

　どうか、身体にはくれぐれも気をつけて。

岩つばめの消えた朝の、寒さのなかで

三通め

この手紙は、あなたにお別れを言うために書いています。…………もちろんあなたのことですから、この手紙のことも、だれからこれを受け取ったかといったことも、ぜったい他言はなさらないと信じています。できることなら、そちらからお返事がいただけて、今後も秘密に文通ができたら、とってもうれしいんですけど。……

お返事たしかに受け取りました。ありがとう。すごくうれしかったわ。…………前の手紙で書き忘れたんですけど、わたしからのこういった手紙は、保存しておかないようにしてください。ぜったいだれにも見つからないように。読みおわったら、粉々に破り捨てること。いつかテラスで、ママの箱から持ちだした紙をそうやって処分したみたいに。……

　これはアンネ・フランクが日記の中に残していた、実在の人物に宛てた二通の手紙です。アンネはユダヤ人中学の親友ジャクリーヌと、もしどちらかが身を隠す必要に迫られたら、お別れの手紙を書こうという約束を交わしていました。彼女はその約束を守ったのです。しかし実際にジャクリーヌが手紙を受け取ったのは、戦後、たった一人アウシュヴィッツから戻ったオットーが、形見となった娘の日記を手にしてからのことでした。

　もしかしたら一通めは、正規の郵便ルートは無理としても、支援者の助けを借りてどうにか届ける方法はないかと、思案が巡らされたかもしれません。けれどやはり、アンネは利発な子です。隠れ家のメンバーのみならず、支援者までをも危険にさらすような真似はしませんでした。その代わり、あたかもジャクリーヌから返事が届いたかのようにして、二通めを書いたのです。

　閉ざされた隠れ家の暗がりの中、架空の文通によって外の世界へ言葉を届けようとする少女の健気《けなげ》さが、今の私にはことさら深く胸に響きます。彼女の前をどうして素通りなどできるでしょうか。歯科医のデュッセルさんと二人で使っていた、細長い小部屋の片隅に立ち、机に向かう彼女の背中を見つめながら、ペン先の走る音にじっと耳を澄ましていたい気持ちです。

〝ママの箱から持ちだした紙〟について、後年ジャクリーヌさんは、生理用品の使用法を記した説明書だったと語っています。フランク家のテラスは、親の目を盗み、ありとあらゆる秘密についてお喋りするのにうってつけの場所でした。少女が二人、テラスで肩を寄せ合い、自分たちの体に隠された予言の書を解読するように、一枚の説明書に見入っている。そんな姿がありありと浮かんでくるようです。

　何かにつけリーダーシップを取りたがったアンネでしたが、体の知識についてはジャクリーヌの方が一枚上手《うわて》でした。

　赤んぼが胃袋から出てくるんじゃないということ、これもやはりジャックから教わったことでした。彼女はあっさりと、「完成品が出てくるのって、原料を入れてやったところからに決まってるじゃない！」と言いはなったものです。（一九四四年三月十八日、土曜日）

　ペーターと一緒に味わったほんの短い、しかし真に幸福なひととき以降、彼女に誰かと愛を交わす時間は残されていませんでした。結局、予言の書のほんの入口に立っただけで、そこから先に進むことはできなかったのです。

お返事たしかに受け取りました。ありがとう。

もう一度、この一行をかみしめます。一音一音が自分の鼓動と同調してゆくのが分かります。ありふれた言葉しか使われていないにもかかわらず、アンネと私、私とあなたの間に、温かい揺らめきが広がってゆきます。さざ波が湖面に細やかな模様を描き出します。

同じこの一行を、そっくりそのままあなたに送ります。間違いなく私は、架空であろうと幻であろうと、あなたからの返信を受け取りました。どうぞご心配なく。姪っ子さんのように可愛らしくはありませんが、私にもちゃんと手紙を朗読してくれる人はいるのです。ちょっと声を掛ければ、オールを返し、ボートを方向転換させて岸辺に近寄ってきてくれます。ジョゼフ・コーネル、ロベール・クートラス、オペラ座のエリック、ノートルダムのカジモド……。不愛想に見えても決して不機嫌なわけではなく、多少照れているだけです。朗読の間、一言も聴き漏らすまいと、私が極端に体を近づけすぎるからでしょう。それに湖畔の石はどれもぐらぐらして座り心地がよくないので、油断するとすぐに体が傾いてしまうのです。そのたび、彼らは優しく肩を支えてくれます。まぶたを閉じている私の方に光線が当たるよう、気を配ってくれます。

例えばコーネルなら、自分でこしらえた木の小箱に、前世の母親の写真をそっと納めるような声。あるいはクートラスなら、トランプ札ほどの四角に閉じ込めた夜に、降り積もってゆくような声。仮面や歪んだ口のせいでくぐもっている、エリックとカジモドの声は、時折聴き取りにくいことがあっても、そのためにかえって愛着が増し、もっと聴いていたいと思うほどです。信じられないくらい長い時間、一人乗りのボートで湖に浮かんでいる彼らですが、湖面から立ち上る澄んだ冷気のおかげで、声は瑞々しさを失っていません。

粉々になったアンネの手紙と予言の書がどうなったか、いまだに考えています。テラスを吹き抜ける風に乗って舞い上がる紙片が、まぶたの暗闇の中、昼蛍の光にきらめいています。針でついたほどの発光器から放たれた光が、休みなく翻《ひるがえ》る紙片に弾かれ、四方に飛び散り、新たな色を生んでとても綺麗です。その一かけらをすくい取り、お母さんの指に飾れば、どんな宝石よりも美しく光るでしょう。松の小枝によって失われたあなたの左目もきっと、同じように特別な輝きを持っていたはずです。お母さんは自分の指を見るたび、息子と目が合ったかのような錯覚に陥るのです。その光さえあれば、小さくばらばらになった手紙であろうと、やがて滲んで消えてゆく文字であろうと、たとえ理解できない言葉で書かれていようと、私にはちゃんと読むことができます。

あなたからの最初の手紙が予言だったとしたら、私が中身を覚えていないのも当然だと気づいて安堵しました。未来は私にとって最も不可解な存在です。最初にこの言葉を辞書に載せた人の勇気には、感服せざるをえません。仮に、今目の前に未来がぽんと置かれていたとします。私はそれを抱き上げたらいいのか、背中をさすってやればいいのか、あるいは皮が破れ、中身が飛び散るくらい勢いよく踏み潰せばいいのか、さっぱり分からずに混乱するばかりでしょう。泥にまみれた起爆装置が転がっているのと同じくらいによそよそしく、とらえどころがなく、幻想的な状況です。把手をぐいと引く、などというこなれた真似はとてもできません。私はただ、ピンキング鋏を使い、切手の昆虫を真似て縫いぐるみを作っただけです。私にできたのはそれっぽっちのことです。

お返事の中で一番懐かしかったのは、タイプライターのくだりです。あなたがタイプライターマニアだったのを、久しぶりに思い出すのと同時に、キーの音が鮮明によみがえってきました。断然、鉛筆派だった私に対抗するように、あなたは何台ものタイプライターをそばに置き、短いメモを書く時でもそれを使いました。ほとんど音楽かと思うくらい、魅力的にキーを叩きました。その音を聴くのが私は好きでした。

あなたが二階の仕事部屋に上がり、タイプライターの前に座ると、ちょうどその真下にあたるクローゼットの中に椅子を移動させ、編み物をしていたのに気づいていましたか。一旦仕事をはじめると、いつも怖いくらいに集中していましたから、きっと私がどこで何をしているかなど気にも留めていなかったでしょう。でも私はちゃんと、あなたの洋服が几帳面にぶら下がっている、人一人入るのがやっとの小さなクローゼットの中が、家中で一番、タイプライターの音がよく聴こえる場所だと知っていました。

　仕事部屋とクローゼット、二階と一階、そんなにも離れていながら私は、音を聴くだけで、原稿がどんな調子で進んでいるか、あなたの気分が乗っているか沈んでいるか、あとどれくらいリボンが残っているか、ありとあらゆることが理解できました。活字一つ一つが叩きつけられる時の音の違い、スピードが上がるとすぐに絡まりそうになるoとpのアームの不具合、いつもほんのわずか右側に傾いて躓《つまず》きそうになっているKの形、改行レバーを動かす手の表情……。何もかも、すべてです。

　キーの音は言葉の森を行くあなたの足音です。時には軽やかに、時には慎重に、しかし常に思慮深く森を踏みしめるその音に合わせ、私はかぎ針を動かします。長編み、長編み、細《こま》編み、長々編み。引き抜き編み、中長編み、三つ巻き長編み。鎖編み、鎖編み、鎖編み、長編み三目玉編み。タイプライターとかぎ針は見事に調和します。足音と鼓動が連動し、つなぎ目が分からなくなるのと同じです。時折差し挟まれる、改行のタイミングを知らせるベルと、新しい紙が巻きつけられるローラーの音は、小鳥のさえずりか野兎の走り去る気配のように絶妙なアクセントとなり、飽きる間もありません。

クローゼットにはあなたのにおいが満ちています。あなたの背広が視界を覆い、ワイシャツの袖口が首筋を撫で、毛糸玉から毛糸を引き出すたび、肘《ひじ》が触れてネクタイが揺れます。まるであなたの眼球の中に閉じ込められたかのようです。扉の隙間から差し込む明かりは頼りなく、足元は闇に包まれていますが、編み物は得意ですから大丈夫です。編み目を間違える心配はありません。何でしたら、まぶたを閉じた今だって、あなたの肩幅にぴったりのセーターを編んで差し上げましょう。

本当の心配は編み目などではなく、あなたのことです。絶え間なくタイプライターは打ち鳴らされます。歩いても歩いても森は深く、果ては見えません。あなたはいったいどこへたどり着こうとしているのだろう、という問いが不意に暗がりの中から立ち上ってきます。それを一旦言葉にしてしまったら、すべてが台無しになるような気がして、そのすべてというのが、何を意味しているのかも分からないまま、とにかく一生懸命唇を閉じます。かぎ針と毛糸だけに神経を集中させます。

もしあなたが戻って来られなくなったらどうしよう。かぎ針はせっせと毛糸をすくい取ってゆきます。最初のうち、たっぷりと膨らんでいた毛糸玉は、いつの間にかみすぼらしくしぼんでいます。仕事机には原稿の束が積み重なっているでしょう。一字として直しのない完璧な原稿です。用心深いあなたのことですから、インクリボンはまだ余裕があるはずです。

言葉の森は際限がないのですか？　途切れなくキーの音を響かせてもまだ、境界には行き着かないのでしょうか。不思議です。打てるキーは数が限られ、両手に収まるくらいの大きさしかないタイプライターの中に閉じ込められているのに、なぜそこから無限の森へ旅立ってゆけるのか。

鉛筆なら分かります。私の愛する鉛筆は自由です。か細い一本の棒でしかありませんが、きちんと先を削りさえすれば、魔法の杖のように、ずんずん、森の奥深く、好きなところまで私を運んでくれます。しかもタイプライターがずるいのは、打った人の証拠となる足跡を残さないことです。特にあなたのように十本の指を等しい力で操れる熟練した人は、自らの存在を機械自体の癖に隠してしまいます。いくら私が地面に目を凝らして森をさ迷い歩こうと、あなたの靴の跡を見つけることはできません。鉛筆が、私の手の証拠をありありと映し出すのとは正反対です。私はいつだってあなたに見破られているのです。

ふと気づくと、膝の上に編地が垂れ下がっています。知らず知らず随分長く編んだものだと思い、それを手に取ってわずかな明かりに透かしてみると、予想もしない模様が浮かび上がっています。どんなセーターでもマフラーでも、かつて一度として目にしたことがないような模様です。規則がありそうでなく、花や動物や数字の形に見えそうで見えず、破たんしながらつながり合い、精密さを装いながら狂気を帯びている。

思わず私はそれを放り出しました。編み図の記号にちゃんと従ったはずなのに、いつの間にこんな模様を編んでしまったのか、訳が分かりません。もしかしたらこれは、私の予言の書なのだろうか。密かに定められたどこかの一目を引っ張ると、するする暗号が解け、私の未来を予告する文字が現れ出るのかもしれない。

かぎ針と編地と毛糸玉は、足元で息を潜めています。廃鉱の山であなたを待ち受ける起爆装置のようです。その間もずっと、あなたのタイプライターは鳴り続けています。

ピンキング鋏に関するあなたの賭けは負けに終わったようです。あるいは、勝ちなのでしょうか。いずれにしても私はまぶたをピンキング鋏で切り落としたりはしません。もし本当に切り落とすとしたら、あなたが打ち出す、タイプライターのピリオドにして下さい。眼球を納める骨の縁に沿って、緩やかなカーブを描く黒いドットの連なりを、まぶたに打つのです。どの機種の、どのエレメントのピリオドが適切か、その選択はもちろん、あなたにお任せします。あなたほど見事にピリオドで切り取り線を生み出せる人は、他にいませんから。

まぶたの場合たぶん、切手を切り離す時の、あのプチプチとして心地よい感触とはまた違ったものになるでしょう。涙で湿っているせいもありますし、切手はどこか見知らぬ遠い場所へ旅立つという少なからぬ高揚感がありますが、まぶたは切り離したらそれで終わり。直後は澄んだ薄ピンク色に染まり、双子の小人が使う寝床のように柔らかくても、それはほんのひとときで、すぐに様子は変化してゆきます。どす黒く変色し、弾力がなくなってぶよぶよとし、睫毛《まつげ》は抜けて嫌な臭いがしてきます。もはや、それがかつてまぶたであった頃を思い出せる人は誰もいません。

あるいは、舌の付け根にピリオドを打ってくれても構いません。舌の方が分厚いので、ピリオドのサイズは一回り大きい方がいいのでしょうか。または逆に、より小さめなのを強く連打してゆく方がスムーズに切り落とせるのだろうか、と思ったりもします。

私の舌は役立たずですから、あなたのタイプライターで切り落としてもらえるなら、むしろ本望です。まぶたは自分で閉じられますが、舌はそう簡単にはいきません。どうせ私には、ウンゲツィーファーなどというややこしい単語は発音できないのですし、ましてやそのウンゲツィーファーが発する言葉を理解することは不可能です。ならばいっそ舌を失くして無口でいた方が、誤魔化しが効きます。自分の舌の不器用さにさんざん手を焼いている人間の大変さなど、読めない言語で書かれた本を読み続けているあなたにはきっと、想像もつかないでしょうけれども。

ただ一つ、どうか気をつけて下さい。ピリオドキーに当たる右手の薬指の角度がある数値を超えると、アームの梃子《てこ》の部分が必要以上にこすれて不穏な音がすることに、当然あなたは気づいているはずですが、私はあれが苦手なのです。あれは、弾かれた硬い松の枝の音です。

読めない言葉で書かれた本を読むのは、どんな気分がするものなのか。憧れと尊敬の念を抱きながら、うっとりするような思いで想像を巡らせています。終わりのない読書。何て神秘的な言葉でしょう。

でもやはり、心配は尽きません。無限の言葉の森でもちゃんと磁石は使えるか、毒草に触れて手がかぶれていないか、夜のあまりの暗さに立ちすくみ、眼球を失ってしまったと錯覚して混乱に陥っていないか。いくらでも心配事は湧き上がってきます。もしこっそり、見張りを送りこむことができれば、少しは安心なのですが……。たとえば、ヘンリー・ソローのような人を。

湖の住人で、この役目にうってつけの人は、彼をおいて他にいないと思います。生涯をかけ、自然の言葉で書かれた、最終ページのない森の物語を読み取ろうとした人ですから、彼があなたの守護天使になってくれれば、これほど心強いことはありません。彼なら他の誰も真似できない辛抱強さで、ウンゲツィーファーの無言に耳を澄ませることができます。あめんぼの舟の漕ぎ方も、とても上手です。

　実は私が最初にソローに惹《ひ》かれたのは、森の思索家としてではなく、鉛筆製造業を営む家の息子としてでした。彼の父親が鉛筆製造の草分け的存在だったと、偶然何かで知った時、私はまだアンネ・フランクが日記帳をプレゼントされた年頃よりも小さな少女でした。もちろん、ヘンリー・ソローの唱えた思想についてなど何一つ理解しておらず、ただ、森の奥の小屋に住んでいる一人ぼっちのおじさん、というぼんやりしたイメージがあるばかりでした。

　にもかかわらず、ソローの削った鉛筆は真っすぐ私の胸を射抜きました。さすが鉛筆屋さんの息子。芯の先は鋭く尖り、黒光りしていました。

　子どもなら誰しも、自分の家が玩具《おもちゃ》屋だったら、お菓子屋だったら、と夢見るものです。この時初めて私は、鉛筆工場だったらという仮定がどんなに魅惑的か、発見したのです。考えてもみて下さい。家の裏に工場があって、作りたての、まだ誰の手の温もりも染み込んでいない鉛筆が箱詰めにされ、庭一面を埋め尽くしている。箱はずっしりと重く、中は一分の隙もなく、それでいて持ち上げるとカチカチ素朴な音がする。六角柱に形を整えられたばかりの鉛筆は、樹木だった頃の面影をうっすらと残し、森のにおいを発している。顔を近づけて目を閉じれば、中心を貫く鉛の気配が伝わってくる……。

そんな鉛筆を好きな時に使えるのです。H、HB、2B、3B。どれでも選び放題。ベルトコンベヤーの向こうから、絶えない泉のように湧き出してくるのですから、何の遠慮がいるでしょう。一本や二本抜き取っても、誰に見咎《みとが》められるわけでもありません。私は裏庭を見渡し、鉛筆の女王として相応しい威厳を示しつつ、いかにも満足した様子でうなずきます。

「ご苦労」

彼らは従順に整列しています。一本として逆を向いたり、箱からはみ出したりしているものはありません。ぐるぐる円を描く、真っすぐ線を引く、メモを取る、塗りつぶす、手紙を書く。単純なか細い容姿からは想像もつかない、白い空白を操る自在な力を持ちながら、そんな気配は一切見せず、誰かの手に握られる時をじっと待っています。いつ求められてもすぐ、芯に隠れた本性を露わにできるよう、準備を整えています。

ソローはいちいち数えなくても、箱の中から、一つかみで、一ダースの鉛筆を取り出せたそうです。そのエピソードに大人の格好よさを感じた少女の私は、早速実験を試みました。新品を何十本も手に入れるのは難しいので、短くなった鉛筆を捨てずにこつこつとため込み、さらには学校の焼却炉をあさってかき集め、それらをバームクーヘンが入っていた空の紙箱に詰めました。ソロー鉛筆工場の、出荷を待つばかりの完成品とは比べものになりませんが、一応、体裁は整っています。私は女王らしく背筋をのばし、目をつぶって箱の中に手を突っ込みます。長さがまちまちの鉛筆たちは好き勝手な方を向き、ささくれたり芯が折れたりして手触りも悪く、大人しく掌《てのひら》に収まってくれません。それでも閉じたまぶたの裏には、完璧に整列する鉛筆の姿が映し出されていますから、怖いものなしです。当時から私は、無意識のうちに、まぶたの裏を有効に活用していたと言えます。

　さあ、いよいよです。「一ダース、一ダース」と唱えながら、ここぞというタイミングで掌を握ります。そうして仰々しく、指とまぶた、両方を同時に開き、本数をかぞえるのです。

　なぜかいつも私は、多く取りすぎてしまうのでした。手の中にはたいてい、十三本か十四本ありました。少なすぎることは滅多になく、ぴったり一ダースになることはもっと稀《まれ》でした。私の手はソローより小さいはずなのにどうしてだろう、自分は欲張りなのだろうか、もしかしたらこれは、その度合いを測るためのソローが編み出したテストかもしれない。多すぎる鉛筆を握ったまま、私は思いました。指先で触れただけで、毎回毎回、十二という数字を一すくいにする冷静な手。人間が作った計器よりも精密な、神から与えられた目盛を読むことのできる手。暗い森の奥、樹木に覆われた空を指さし、あなたに北極星のありかを示せるのは、そういう手の持ち主だけです。

余分な一本か二本の鉛筆を、私はバームクーヘンの箱に戻さなければなりません。どの鉛筆にするか。別にどれだって構わないはずなのですが、私にとっては難しい選択でした。恨みがあるわけでもない相手を切り捨てるような、あるいは、自分の一部に自分で見切りをつけるような、胸苦しさを感じます。一ダースからあぶれたそれは、元のところへ逆戻りしてゆきます。落下して、コツンと小さな音を立てます。箱の中は、樹木と、鉛と、バターの入り混じった奇妙なにおいがします。

最近、耳の奥に水が溜まった感触と、多少の痛みの予感があって、薬を追加してもらっています。まぶたを閉じ続けている人にはよくある症状らしく、さほどの心配はいらないそうです。でも、自分の内側に水の気配を感じるのは、悪いものではありません。ボートの舳先から岸辺へと寄せる波の音を聞いているのと同じですから、むしろ心地よいくらいです。

　ようやくプロ野球が開幕しました。このところ毎晩、ラジオでナイター中継を聴いています。耳の具合をあれこれ言っている場合ではありません。

「僕は、野球の結果に一喜一憂するような人生とは永遠に無縁だ」

　いつだったかそう言ったのを、あなたはたぶんもう忘れているでしょうが、私はよく覚えています。別に呆《あき》れたふうでもなく、嫌味でもないさらりとした口調ながら、今になって告白すれば、結構傷つきました。バームクーヘンの箱に落下する鉛筆の気分、とでも言えばいいのでしょうか。

　まぶたを閉じ続けるかどうかの瀬戸際にきた時、野球の試合を観られない、というのは決断を迷わせる大きな一項目でした。大地に捧げる舞踏かと見紛うダブルプレー。ダイヤモンドを切断する刃の上を滑るような、外野からの返球。マウンドへ向かう先発ピッチャーのスパイクの跡。ロージンバッグから立ち上る白い粉。すべてを根底から覆してしまう劇的さとは裏腹な、ホームランの優美な放物線。こうしたもろもろを目にできないのは、私にとって、人生の喜びの一部を手放すのに等しいことでした。

　しかし、大方の事柄がそうであるのと同じく、野球問題も案じたほどの落胆はもたらしませんでした。そう、ラジオで十分でした。それどころかラジオに集中している方が、球場でお弁当を食べながらのんびり観戦しているよりずっと臨場感があるばかりでなく、野球が自分仕様の特別なスポーツに生まれ変わったかのような、新鮮な喜びを味わえるのです。

ラジオはベッドサイドのすぐ耳元に置かれています。旧式のせいか雑音が入りますが、それも球場を包むざわめきの一部になって、少しも気になりません。まぶたの暗闇に、ボールとバットの白色はいっそうよく映えます。実況の声は生気にあふれ、ヒッティングマーチは軽やかにリズムを刻み、試合の緊張感を高める大事な役割を果たしています。

夜空はどんなに高く打ち上げられたボールでも受けとめられるくらい、奥深い果てまで広がり、そこに九つの点が星座を作っています。一球ごと、星座は微妙に形を変えながら、暗闇に美しい線を残してゆきます。時折、白い光がその間を突き抜けると、いっせいに九つの星は瞬きを強め、連携し、新たな図形を描いたあと、また元の星座に戻ります。私の耳は夜空を震わせるどんな音も聞き逃しません。球場を包む観客たちの鼓動は、湖の岸辺にひたひたと寄せる波、スパイクが蹴り上げる土煙は、オールからしたたり落ちる水滴。そして、白い光が放たれる瞬間の、あの音。湖面を突き抜け、水中できらめくように、どこまでも澄んでいます。

野球の話になると、あなたの退屈を考えず、つい夢中になってしまいます。あなたに撮ってもらった、写真の話をしなければいけないのでした。ええ、よく分かっています。まだまなざしのある私から、光だけを抱き取るようにしてあなたが撮ってくれたポートレートです。私がどんな姿をしているか、今こそあなたに語って聞かせる時です。

ああ、でもどうしてでしょう。風が出てきました。一回表終了後、雨でノーゲーム、という事態はどうにか免れたというのに、意地悪をするかのように、球場の真上で渦を巻く風がどんどんひどくなっています。外野の芝生はざわめき、旗はポールに巻きつき、ロージンバッグから立ち上る粉は、たちまち宙に消えてゆきます。

私の声が聞こえますか？　どこに向かって声を発すればいいのでしょう。真っ暗で分かりません。ソローの手はどちらを指さしていますか。高々とファウルボールが打ち上げられました。三塁手と遊撃手とキャッチャーが追いかけてゆきます。星座が形を変えます。風にあおられ、揺らめくボールに合わせるように、グラブを差し上げる彼らの姿も不安げです。ボールはまだ落ちてきません。風に吸い込まれたままです。誰もが暗闇を見上げています。

すみません。どうか許して下さい。

北極星が見えない、生暖かい夜に

四通目

きみからの返信を手にして冒頭の一節を読んだとき、ふたりのやりとりはもうこれで終わってしまうのかと、大袈裟に言えばこの世界の息が足りなくなるような絶望に襲われました。「この手紙は、あなたにお別れを言うために書いています」。アンネの日記からの引用だったのですね。彼女がたどった運命を思うと、書くという作業は、そんなふうにずっと別れの身振りを演じつづけることかもしれないと思いました。ともあれ、返事をありがとう。

それにしても、ぼくが書きもの机に向かっているとき、きみが階下のクローゼットに閉じこもっていたとは、想像もしていませんでした。あの直方体の内部は、音がこもりも濁りもしません。共鳴した音は箱鳴りで外に拡がると同時に、小さな鍵穴からきれいに抜けていきます。というのも、あれは懇意にしていた指物師に、ヴァイオリンやピアノの共鳴板になる特別なスプルース材でこしらえてもらったものだからです。標高一千メートル近辺の山中にしか育たない高木を慎重にカットし、何年も乾燥させてやっと使えるようになるそうですが、その指物師は代々、伐採の段階から仕事に携わっていて、古い木造建築を手がけた棟梁《とうりょう》たちとおなじ視点で木を見てきました。

一帯に生育している木々がすべて同質であるとは限りません。日照条件によって微妙な癖が生まれます。指物師はその癖を見きわめたうえで、側板はこれ、天板と底板はこれ、背板はこれと、まだ樹木として立っている段階から目星をつけておくのです。癖と癖をぶつけて反りを相殺し、完全な水平と垂直が保持されるように組みあげていくと、名匠の手になる楽器と同等の機能を持つようになる。中に掛けてあるシャツやズボンやジャケットは、この場合、吸音材の役目を果たすわけですが、きみの身体が加わって、さらなる効果が生まれたにちがいありません。

しかも、閉じこもるだけでなく、きみはそこで編み物をしていた。音にあわせて鉤《かぎ》針を動かしていた。それを知って、ようやく納得できたことがあるのです。タイプライターのキーを叩いているあいだ、ぼくはずっと、説明のできない不安を感じていました。寄る辺なさとは、あのような状態を指すのでしょうか。文字を連ねれば連ねるほどまわりの闇が深くなり、体温が下がって、指先が言うことを聞かなくなるのです。言葉は出てくるのに、それを紙に伝える手が動かない。このままではきっと言葉が身体のなかで飽和し、正しくない仕方で外へあふれ出てしまう。そんな恐怖に幾度も見舞われながら、なんとか堪えることができた理由が思いつかなかったのです。無重力空間に放り出された者をつなぎとめ、打鍵のリズムにあわせて呼吸を整えさせてくれたのは、きみの力だったのですね。

　考えてみれば、タイプライターの活字を打ち込むアームは、編み物の鉤に似ています。編み機の会社がタイプライターを製造していたのは、両者に共通点があるからでしょう。打鍵の音と編み物のリズムが合致して闇のなかでも鉤針が正確に動いたのは、ある意味でとても自然なことかもしれません。いちばんよく使っていた機種の、右手の守備範囲にあったoやpのキーにわずかな異音がまじっていることにも気づいていましたが、それにもかかわらず、きみは聴取した音を鉤針のキーを使って、ほぼ時間差なしで打ち返してくれていたのです。クローゼットは楽器であると同時に、虚空に浮かぶ言葉を毛糸の命綱でつなぎとめてくれる母船だったわけです。いつかきみに読ませるつもりで書きつづけていたながったらしい叙事詩は、だから、たがいに意識していなかった共作ということになりますね。ともに逃げていける箱舟ではなく、それぞれが孤独を耐えなければならない母船と着陸船。宇宙空間で息を奪われずに生き延びられたのは、編み糸の命綱があったからなのです。

　宇宙ではなく森であったとしても、事情は変わりません。キーボードが奏でる音は、意味に先立ちます。言葉を形成する前に表音の文字が、そして文字の前に音がある。その音を頼りにして森を抜けていかなければ、きみの湖には到達できなかったはずです。ヘンリー・デイヴィッド・ソローのような案内人がいたら、たしかに心強かったでしょう。タイプライターが故障しても、彼自身が改良にかかわった鉛筆を貸してもらって急場をしのぐことができますからね。

　ところで、きみの愛するアンネ・フランクが身をもって示した、自分で書いた手紙に自分で返事を書くという行為の怖ろしさは、当人がこの世から消えたあとになってじわじわと身に染みてきます。アンネが隠れ住んだプリンセンフラハト二六三番地の、事務所と「後ろの家」を結ぶ回転式書棚がどんな材でできていたのかは知りませんが、まちがっても美しい音を響かせる共鳴板ではなかったはずです。あの扉は音を消すための仕掛けでした。彼女の声は、沈黙を経て放たれるために封じ込められたのです。ぼくが夢見ていたのは、鍵のついた日記帳ではなく、あの棚にカムフラージュとして並べてあった事務用ファイルに綴じられるような、危険水域に蓄えられた言葉だったのかもしれません。

＊

数日前、遠い国から船便で数ヵ月、場合によっては数年遅れで届く湿った古新聞を日干ししていたら、国際宇宙ステーションに滞在中のロシア人宇宙飛行士、ゲナディ・パダルカの、五度にわたるミッションを合計した宇宙滞在記録が八百七十九日に達し、これまで不動の一位を占めていたセルゲイ・クリカレフの八百三日を大幅に更新したという記事を見つけました。二〇一五年九月のことです。パダルカの業績はすばらしいものです。けれど、ぼくの目が引きつけられたのは、記録を破られたクリカレフのほうでした。

とても懐かしい名前です。そのころきみに宛てた手紙にもこの話を書いたような気がするのですが、記憶ちがいでしょうか。クリカレフが二度目のミッションに出かけたのは、一九九一年の春。この年の五月十九日、彼はソユーズTM－12の乗組員のひとりとして、宇宙ステーション「ミール」に向けて出発します。ヘレン・シャーマンという若い英国女性も乗り込んでいました。そのニュースをラジオで聴いて、シャーマンがシャルマンと発音されたので、女性名につくならシャルマントと活用すべきではないかと馬鹿なことを考えていたのですが、あとで新聞を読んだら綴りは

Sharman でした。これが Shaman だったら呪術師になっていたでしょう。

クリカレフとシャーマン、そして船長のアナトーリイ・アルゼバルスキーの三人は無事に宇宙空間に放たれ、「ミール」でいくつもの実験をこなしました。シャーマンは一週間後に地球に帰還します。残りのふたりも三カ月ほどで戻って来る予定だったのですが、宇宙開発計画がとつぜん見直され、次のクルーの出発のめどが立たなくなったため、結局一九九二年三月二十五日まで「ミール」の住人でありつづけたのです。この報せを、ぼくは郊外バスの発着所の前にある売店で買った、インクの臭いの強い夕刊紙で読みました。渋滞でなかなか動かないバスの窓の外には音も光もない真っ暗な墓地がひろがっていて、前後の道路の橙色につながっていく車の灯りと恐ろしい対比をなしていました。毎夕たどっている順路の見慣れた光景が、その記事を読んだとたん一変し、車内灯を落とした満員のバスが孤独な宇宙船に変貌しました。不用意に下車したら、二度と帰れなくなる。そんな不安に襲われたことをいまも鮮明に覚えています。

前年の八月、旧ソヴィエト連邦で政変が起きていました。ソユーズの飛行計画が変更されたのはそのためです。巨大な国家が揺れている。世界の地勢図が一挙に書き換えられてしまうかもしれない。メディアの眼はユーラシア大陸の国に集中し、ぼくもまた、当時の首長が軟禁された数日の動きをラジオと新聞で身体を硬くしながら追っていました。クーデターは失敗に終わったものの、それがきっかけで巨大国家がまたたくまに崩壊したことは周知のとおりです。この時期、だれひとりとして、成層圏の彼方に浮かぶ船のことなど気に留めていませんでした。政変の三カ月前、船長のアルゼバルスキーとともにソヴィエト連邦の宇宙飛行士として飛び立ったクリカレフは、国境のない、どこにも属さない場所で祖国の消滅を目の当たりにしたのです。

　クリカレフの郷里レニングラードはサンクトペテルブルクと名を変えていました。浦島太郎やロビンソン・クルーソーは、海が登場するとはいえまだ地に足のついた物語です。一方、クリカレフらは地上四百キロの虚空に浮かんだままでした。自分に宛てた手紙が名宛て人不明で戻って来たに等しい、前代未聞の出来事です。上も下もない、重さが虚構に属する世界には、行動の軸がありません。そこでは言葉の重みもなくなってしまうのでしょうか。それとも、「重さ」のない世界だからこそ「重み」が増すのでしょうか。

　これまで何度か、きみから届く手紙に重さが感じられないことがありました。きみの匂いもぬくもりも感じられる言葉が並んでいるのに、なぜか手紙そのものに重みがないのです。地球上にいるかぎり、重さをなくすなどという奇跡は、空を飛ぶ鳥ですらなしえないことです。鳥は重力に抗って飛ぶのです。風を抱き、風を切って飛ぶのです。重さの概念を壊してただ純粋に浮いていることはありません。でもきみの手紙は、きみの言葉は、目の前でなぜかひんやりと浮いているように見えたのです。そう、重さを知らずに育った天使のように。ぼくは、ほんとうにきみの声を聴き取っているのでしょうか。きみといたあの家が、いつのまにかべつの国のべつの町に組み入れられ、もう二度とたどり着けなくなっているという事実を隠蔽するために、いかにも本物らしく作られたホログラフィを投影されているだけではないでしょうか。

宇宙からの通信をキャッチするためには、巨大なパラボラアンテナが必要です。あのようなアンテナのかわりになる精度の高い耳があったら、どんなに暮らしが豊かになるでしょう。町なかのうるさい場所で人の話し声を聴き取ったり、通信傍受に使ったりするわけではありません。自分自身の内側に聞こえる小さな音を、声を、骨を伝ってくるかすかな震動を、できるだけ正確に捉えたいと望んでいるだけです。いつだったか、投罎《とうびん》通信について語りあったことがありましたね。浜辺に流れ着くやしの実のように、いつ、どこの時代からとも知れない文字の記された緑色の罎がぷかりぷかりと流れて、遠い国の海岸に漂着する。凪の日には動かず、嵐の日には大波の破壊力に耐え、照りつける太陽にも凍りつくような冷気にも負けずにやってくる罎の旅をなんとか追跡できないものかと思案するぼくに、いまどこに浮かんでいるのか追跡できないところがいいの、ときみは笑いました。鯨に飲み込まれたらどうしよう、タンカーのスクリューに巻き込まれたらどうしよう、そういう心配や苦難をことごとくすり抜けて届いた言葉には重さに抗う力があるのだし、届いた以上は正しく浮いていた言葉であることにまちがいないのだから、投げた場所と日時、受け取った場所と日時、そして、送り手と受け取り手の名前がわかれば十分、あいだのことは、それぞれの頭のなかで補えばいいのだと。

　ぼくたちのこのやりとりも、もしかすると時空を超えて実現した投罎通信の奇跡の一例かもしれません。だってそうでしょう。きみの心の湖に潮の流れはありません。罎に特別な動力がないかぎり、風を待って、鏡面のような湖水に浮いていることしかできないのです。きみの住む岸に届く確率は、さまざまなメッセージをチタンの容器に詰めた惑星探査衛星が、地球外生物のもとに届く確率より低いかもしれません。誤解しないでください。きみが地球外生物だと言っているのではありません。言葉が届くという原初的な奇跡を、震える気持ちで受けとめているだけです。アンネ・フランクは、心のなかの湖に手紙を入れた罎を——文字を記すためのインクボトルかもしれません——投げつづける勇気のあった人です。そんな真似は、ぼくにはとてもできません。しかし、自分で投げた罎を自分で拾ったとしても、それが自己完結した虚しい行いだったと思いたくはありません。ぼくたちは、だれも読んでくれない言葉を、ただ自分を慰めるためだけに書いているのではないのです。罎のなかに入れた言葉は、それが拾いあげられるまでのあいだに、じつは、時間によって読まれているのです。

一度、時間に読み取られた文字や言葉を、ぼくたちはまっさらなものとして受け取るのです。

*

そう言えば、耳の奥に水が溜まっているような症状は、もう治まったでしょうか。痛みもあるというので心配しています。打ち寄せる波の音だけならいいのですが、痛みよりもつうんとした圧を感じるようになったら、信頼できる医者に診てもらってください。ぼくのなかのもうひとりのぼくが世話になった、昼蛍の事件のときの医者でよければ、すぐに紹介状を書きます。あの先生はレントゲンもＣＴも使わず、触診と聴診だけで痛みの源を探りあてられる人なので、身体に負荷は掛かりません。

先生は若い日に、水深数百メートルもある透明度の高い淡水湖で素潜りをしていたことでも知られていて、内耳に生じた異常や臓器の不全については独自の療法をほどこしてくれます。ここだけの話ですが、一九九一年、クリカレフらのあとから「ミール」に送られるはずだった宇宙飛行士の代替要員候補の数名も、擬似宇宙空間を作り出す訓練用のプールで体調を崩した際、先生の診療所でリハビリをしていました。息をしようとしても肺が押しつぶされて気道が開かない、鼓膜がアルミ箔になって音が金属質になる、あるいは耳の穴から油分の多い水滴がこぼれるといった症状には、深い水の底での体験が生かされるようです。人類ではじめて水深百メートルの素潜りを成功させたジャック・マイヨールは、ある閾《いき》を超えると、鯨やイルカとおなじように、水圧の高い深海で脳や心臓や肺など生命維持に必要な臓器の周辺に血液を集めることができたといいます。ブラッドシフトと呼ばれるこの現象を、先生は何度も体験したと語ってくれました。

　重さのない言葉、重さという概念が虚構でしかない空間で用いられる言葉と、こうして身体中の血液を必要な部位に集めて強烈な水圧に耐えぬくような言葉と、どちらを選んだらいいのでしょう。先生を頼ってきた宇宙飛行士たちは、いちように、発語不全に陥っていました。言葉を発しようとした瞬間、外圧で音が押しつぶされ、沈黙の球になるのだと彼らは訴えました。これでは地球との交信などできません。その症状があるかぎり、任務遂行は不可能なのです。じつは、ぼくが仕事部屋でタイプライターを叩いているあいだ悩まされていたのは、彼らとおなじ症状でした。闇に包まれ、息を奪われ、四肢が麻痺した酸欠状態のなかで、いったいなにができるのか。結局、言葉ではなく音を頼りにするしかないと思い到りました。意味をなす言葉をひとつずつ吐き出すことが不可能なら、それをばらばらにして音を送り出せばいいと考えたのです。

つまりぼくは、そうと気づかぬまま、共鳴板で作られたクローゼットのなかのきみに、タイプライターのキーを使ってモールス信号を送っていたのです。そもそもＱＷＥＲＴＹ配列のキーボードはモールス信号通信士のために生まれたものですから、文字の打刻のための音を電信音に変えるのは理にかなったことなのです。またあなたの悪い癖がはじまった、ときみは難ずるでしょうか。前回の手紙で、ドナルド・エヴァンズの切手のまわり、切り取りのドットの話をしましたね。機会があれば、きみのまぶたに特注のモデルでドットのミシン目を入れ、闇のなかで向き合いながらそっと破り取り、もっと遮光性の高い完璧なまぶたを移植してあげたい。しかし、そんなめまいのするような話はやめておきましょう。愛用してきたタイプライターの話をしたとき、メーカーをいくつか列挙しましたが、じつは、あえて言い落としていたものがあるのです。ドイツのミシンメーカー、シーデル&ナウマンが製造していた、エリカErikaというブランドの５ＴＡＢ、一九四一年のモデルです。左右に振り分けられた大きさの異なる五つのキーのうち、ＴＡＢと記されたキーだけが朱色になっていて、これが盤上になんともいえない色彩のリズムを生み出しています。このタイプライターを手に入れたのは、クリカレフが宇宙に滞在したままソヴィエト国籍を失い、あたらしい国籍が取得できるのかどうかも不明な宇宙人だった十カ月ほどのあいだに地上で開かれた古物市でのことでした。きれいなケースに入っていて保存状態もよく、メンテナンス用のブラシも残っていました。ドイツ語ですから当然QWERTZ配列で、自在に打つことはできませんでしたが、若くして一握の砂を握りしめて亡くなった詩人を思いながら、ローマ字日記のような叙事詩をひたすら白い紙に打ち込んでいきました。あとからそれをゆっくり読み解いて、表意文字に転換していけばいいと思っていたのです。

あなたがなにを書いているのか、どんなお話を創っているのか、尋ねたりしません、ときみは言いました。あなたもそのほうがいいのでしょう、言葉がどこから降ってくるのか、ご自分でもわからないんですから。まったく、なにもかもお見通しでした。でも、なにを書いていたのか、ひとこと尋ねてほしくもあったのです。そのひとことがあれば、行き詰まった考えを一歩先に進める力になってくれたでしょう。

ブラインドタッチでキーを叩きながらときどき絶望に襲われて、きみが自分の意志で遮断した窓の外の光景を眺めていました。木々のあいまから湖面に照り映える夕陽を眺め、見えない小舟が波を立てずに滑っていくさまを想像し、重さも軽さも関係なく、あんなふうに横に滑っていく言葉を綴ることができたらどんなにすばらしいだろうと夢見ていました。このままでは水底に沈んでしまう。真空の闇のなかで心が壊れてしまう。ならばせめて言葉になる前の音だけでも正確に伝えよう。できあがった叙事詩をいつか罎に詰め、重い石を結びつけて湖の底に沈めよう。そんな馬鹿なことを考えたのは、船着き場のカフェで湖底に眠る古い村の存在を耳にしたせいかもしれません。ダム建設の犠牲になった村のように、すべての記憶を封印するなんて無理な話です。記憶の粒子はニュートリノより小さくて、あらゆる壁をすり抜けてしまうのですから。

いつまでたっても終わらない創作の一部を、鉛筆で書き残しておけばよかったと悔やむ気持ちもないではありませんが、しかたのないことです。Erikaのタイプライターは、どのキーも均一な力で打てるよう完璧に調整してもらったのですが、左手の薬指を怪我して何週間かQWEあたりをうまく叩けないことがありました。音にばらつきが出ると、言葉の素も壊れます。焦りながらもきみを想い、景色を眺め、半分打ち出した文字を確かめる。それを繰り返しているうち、はたと気づいたのです。ぼくはモールス信号を打っているのではなく、受信しているのだという事実に。耳の奥で、かすかな音が聞こえていました。最初のうち、それは機械音の反響か、集中しすぎたがゆえの幻聴だろうと思っていたのですが、まちがいなく信号で、実際にはそれをただ文字に起こしているにすぎなかったのです。ありとあらゆる信号のなかから、身体が欲しているものを濾過《ろか》することこそが、書くという作業ではないか。浮力という概念さえ存在しない空間で浮いている天使の言葉をその信号が届けてくれたなら、きっとこの先も書きつづけていくことができるだろう。そんな確信を与えてくれたのが、エリカだったのです。

もうひとつ言い添えておかなければなりません。アンネの父オットー・フランクが、オランダ語で書かれた娘の日記をドイツ語に浄書するとき使用したのも、この機種だったということを。ある日、図書館でなにげなく開いたアンネ・フランク展の図録のなかにこのタイプライターの美しいカラー写真を見出して、息が止まりそうになるほど驚きました。朱色のタブ、大文字を打つための黒い切り替えキー、リボンを装填する箇所のS&Nとロゴが記されたカバー。きみのクローゼットの上でぼくが使っていたモデルとまったくおなじでした。「後ろの家」にフランク一家が移り住んだのは、一九四二年七月のことでしたね。オットーはこれをいつ手に入れたのでしょう。新品で購入したのか、それとも戦後、逮捕された隠れ家の八人のうち唯一の生き残りとして、アムステルダムに戻ったあと買ったのでしょうか。写真を見るかぎりあまりにもきれいな状態だったので、中古ではなく新品在庫を入手したのではないかと推測したのですが、そんな瑣末《さまつ》なことはもはや調べようがありません。いずれにせよ、音を立ててはならない秘密の住処《すみか》でタイプライターを打つなんて無理な話ですから、それ以前に買って事務所に保管してあったとしても、数年のあいだは休眠状態だったでしょう。

アンネの日記は最初にオランダ語版が出て、それからフランス語版、ドイツ語版が出たそうですね。オットーが原稿を整理してそれをドイツ語に移植したのは、自分の母親に読ませるためだったと聞いたことがあります。世界初の翻訳は父親による私家版ドイツ語訳ということになるわけです。彼はもうこの世にいない娘の声を数年遅れで聴き取り、書かれた文字を読み解いていったのです。しかし、彼の耳に届いていた声は、アンネのものだけではなかったという気がしてなりません。地上での居場所を失ってしまった旧ソヴィエト連邦の宇宙飛行士が脳内に響かせていたのと同種の、不特定多数の声が聞こえていたのではないかと思うのです。

クリカレフたちは足もとという表現の成り立たない空間で、なんとか心の足もとを作ろうとしていました。上と下を、虚構のように設定するのです。軸になるのは、闇のなか、思わぬ近さにぽっかりと浮いている地球でした。オットーにとって、アンネの日記は、すぐに戻ることのできない地球の重力を秘めた母船だったのではないでしょうか。日記を救い出した女性は、当人が帰ってきたら差し出すつもりで、中身を一行も読んでいませんでした。この場合、彼女が投罎の役割を果たしたとも言えます。届けられた通信を解析し、意味を与えたのがオットーであり、そのとき慟哭《どうこく》のモールス信号を発したのが5TABだったのです。下書きやメモには鉛筆も使ったでしょう。そこには森の案内人の会社ジョン・ソロー・アンド・カンパニーのロゴのかわりに、オペクタ商会の名が刻まれていたかもしれません。

ほんとうに怖かったのです。たったひとり、意味をなさない言葉以前の闇に投げ出されることが。なにかを書こうとする者にとって、それがただひとつの道だということさえ理解していなかったのです。これまで重ねられてきた宇宙探査の歴史のなかで、船外活動をした飛行士が虚空に消えた例はありません。特殊な移動ユニットを背負って命綱なしの游泳《ゆうえい》に成功した飛行士はいましたが、完全に放り出されたのは映画の登場人物だけでした。きみがクローゼットのなかで身をかがめてチェスの棋譜を読んだりせず、手を動かして編み物をしていてくれたのは、奇跡としか言いようのないことなのです。編み糸の命綱ときみからの信号がなかったら、ぼくは地球の方向を完全に見失い、かりに特定できて帰還を試みたとしても、大気圏再突入に失敗して、スプートニク二号に乗せられた雌犬とおなじ運命をたどっていたでしょう。

*

水の気配のする耳で、大好きな野球をラジオ中継で愉《たの》しんでいるとのこと。きみにとって楽しい季節がはじまりましたね。しかし「野球の結果に一喜一憂するような人生とは永遠に無縁だ」などと、そんな気取った台詞をぼくは口にしたでしょうか。いや、たしかに言ったような気もします。野球には、プレーとプレーのあいだに真空の間があります。ナイターを何度かいっしょに観戦しましたが、そのたびにぼくは呆れられました。機敏なプレーの連続に感嘆の声をあげるきみを尻目に、ファウルになった鋭いゴロを片手で受けとめたボールボーイの運動神経やピッチャーにまっ白なボールを供給する球審の速球に驚嘆し、野手のボール回しの華麗さと球場整備のために出てきたブラシ付きトラクターの動線の美しさに見とれていたからです。勝ち負けよりも、攻守の交代の際に球場全体が飲み込まれる弛緩《しかん》ぶりを愛していたなんて、冷え切った目を向けているきみにどうして打ち明けられるでしょう。結果よりもいま球場で起きている欄外の出来事のほうが好きだと素直に言うのが恥ずかしくて、格好をつけたのだろうと思います。

ラジオでも攻守交代の様子を音で追うことができます。スポーツはむしろ音だけで聴戦するのが正解かもしれません。テレビを持っていなかったころ、何局か音声だけは受信できるFMのラジオを友人に貸してもらって、体操競技の団体戦を追っていたことがあります。ラジオではなく、あくまでテレビの音声です。沈黙を埋めるような解説の連射もありません。踏み切りと着地の足音、ポメルを握る音、つり輪がかちゃかちゃ鳴る音。技のかたちはすべて想像でまかないます。床や鉄棒で月面、新月面と名のつく技は、宇宙船の船外活動では存在しない月の重力を前提としたものですから、遠くへ跳んでいってしまう危険はありません。それにひきかえ、跳馬には重さを計る暇がないので、途方もない亀裂が走ります。さあ、スタート。決まった。みごとな着地。演技は全体で十秒足らず。しかもその八割以上は助走です。走って、跳ぶ。踏み切り板を蹴るバシャンという硬い破壊音と、クッションに守られた鈍い着地音の融合。相撲中継をラジオで聴いているときもおなじ世界に浸ることができます。

そう言えば、たがいにちがうものを追っていた野球場で、ともに見つめていた場所がひとつだけありました。真っ平らなすり鉢の底の真ん中で、この世の光をすべて集めて輝いている場所。マウンドと呼ばれる小山です。あれも土俵の一種ですね。昂奮のなかにあっても、あそこだけは神聖な儀式が執り行われる特別な空間となって、埋められたプレートが聖性を帯び、時空を超える白い光を放っていました。ロゼッタストーンさながら未知の文字が刻まれた、巨大なモノリスのように。あそこにはだれも立たせたくない、汚したくないとさえ感じたものです。

いつかまた、ふたりで野球を観にいける日が来るでしょうか。まぶたを閉じたままでも、ラジオよりは楽しめるはずです。もうよそ見はしません。余計な言葉も挟みません。きみは音だけでボールがどこにあるのか、たちどころに特定できるはずですから。結果も重視しましょう。試合が終わったら、闇のなか、手を取ってゆっくりとマウンドに案内します。そこですり鉢の底に降ってくる音に耳を傾け、球場をパラボラアンテナに変えて、プリンセンフラハト二六三番地の前を流れる運河に浮かぶ、動かない船の通信士に信号を送るのです。編み糸ではなく、本物のもやい綱でむこうとこちらを結ぶことができるように。

雨の去った夕暮れに

五通め

母親になる望みを叶えられなかった私が、たとえひとときにせよ、あなたの母船であったとは、全く思いもよらないことで、あまりの驚きに、そのくだりだけを繰り返し朗読してもらったほどです。私の忠実な朗読者は、またですか、と不平も漏らさず、それどころか何度も同じ文章を読んでいるうち、声と言葉を継ぎ目なく調和させ、まるで何百年もかけて口伝えにされた詩の一節のような響きをそこに与えてくれました。うれしいお手紙でした。ありがとうございます。

ともに逃げていける箱舟ではなく、それぞれが孤独を耐えなければならない母船と着陸船。

この一行をかみ締めています。私の指先からのびる毛糸が、無重力で浮遊するあなたをつなぎ留め、必要な酸素を送っていたとすれば、クローゼットと仕事部屋を結んでいたのはまさに、へその緒だったわけです。しかも私は楽器の内側という特等席で、あなたが奏でる叙事詩に耳を傾けていたことになります。

いつだったか知り合いのバイオリン職人に、魂柱《こんちゅう》と呼ばれる木片がバイオリン内部の空洞に立っていると教えられ、*f*の字の形をした穴から中を覗かせてもらったのを、不意に思い出しました。たぶん音色に重要な影響を与えるのだろうその木片は、大げさすぎる名前とは裏腹に、目を惹く特徴もなく、薄暗がりの奥にひっそりと身を隠していました。

もしかしたらクローゼットの中の私は、魂柱だったのかもしれない。弦や弓と違い、誰の目にも触れないけれど、陰で黙々と、なくてはならない役目を果たしている。着陸船の無事を祈る、母船のように……。

少し図々しすぎるでしょうか。愚かだと、どうか笑わないで下さい。喜びと哀しみの間に垣根はありません。クローゼットでの編み物が特別なひとときであったのと同時に、今の私たちの間柄を予言している事実に、ちゃんと私は気づいています。私たちは決して、同じ船には乗れません。閉じられたまぶたの湖に浮かぶボートは、どれも一人用です。

ソ連の宇宙飛行士の話題が持ち出された時、あなたとの再会の場所になぜ私が湖を選んだのか、理由をすっかり見破られているのだと悟りました。私たちが初めて言葉を交わした、宇宙線研究所の円柱形タンクの水面。もちろんあれは五万トンの超純水を蓄えた、ニュートリノを観測するための人工的な装置ですが、もし宇宙の闇に湖があるならきっとこんなふうに違いない、と思わせる風景でした。まぶたを閉じ続けると決心した自分が、あなたへ手紙を届けようとして、一生懸命まぶたの裏側に水の気配を探したのは、やはりあの、最初の時があったからなのです。

　K町にある宇宙素粒子観測施設で一般人向けの見学会が催されたのは、大きな破損事故のあと、仮復旧作業が行われている途中でした。タンクの内側を見られる滅多にない機会を、宇宙に関心のある人のため、少しでも役立てようとしたのでしょうか。見学会と言っても数日間だけ、しかも一日十二人限定という小規模なものでしたが、案外希望者が多かったらしく、抽選になり、一緒に申し込んだ職場の先輩たちは皆落選しました。申し訳ないことに、ニュートリノについてなど何も知らず、ただ近くの温泉が目当てだった私だけが、当選してしまったのでした。

　幸運な選ばれた人々となった私たちは、当日、元鉱山の坑道入口に集合し、電気で動くマイクロバスに乗ってニュートリノ観測装置へ向かいました。人の目には見えなくても、宇宙からは無数の素粒子、ニュートリノが降り注ぎ、相互に作用しないまま、あらゆるものを突き抜けていること。ただまれに水と反応し、青白いチェレンコフ光を発する場合があり、それを観測してニュートリノの正体、更には宇宙の謎に迫るのが研究の目的であること。その極めてまれな反応の確率を上げるため、標的となる水が大量に必要となり、また余計な反応に観測を邪魔されないよう、装置は元鉱山を利用して地下深くに設置されていること。等々、坑道を走る間、係の人がバスの中でしてくれた説明がいちいち新鮮で、とても分かりやすく、そこに来てようやく気分が盛り上がってきました。

今から振り返れば、実はその時、既にあなたは隣に座っていたわけです。でも私は胸の中に、青白い光を放つ巨大な湖を思い浮かべるのに夢中で、隣がどんな人か意識する暇はありませんでした。それに全員がお揃いの白いヘルメットを被っていたせいか、他の幸運な人々を見回しても、妙にバランスを欠いた大きな頭が目に入ってくるばかりでした。

ただ一つ、大事なことに気づきました。十二人限定のはずが、全部で十四人いたのです。念のため、数え直してみました。作業服を着た研究所の人をのぞき、白いヘルメットを一人、二人、たどってゆくと、やはり十四です。だからと言って別に何がどうなるわけでもないのですが、なぜかそんな些細な人数のことが気になったのを、よく覚えています。

坑道には鉱石を掘り出していた頃の、レールや台車や昇降機やもつれたワイヤーなどがまだあちらこちらに残っていました。側壁は削られた跡がそのままむき出しになり、ところどころにがらんとしたプラットフォームが開け、窓を閉めていても絶えず、地下水の流れ落ちる音が聞こえていました。坑道は思いのほか長く、複雑に脇道と交差しながらどこまでも奥へと続いてゆき、バスはなかなか停《と》まる気配を見せませんでした。その間あなたはずっと気配を消したままでした。

覚悟はしていたものの、観測装置は思い描いていた大きさをはるかにしのいでいました。確かに形としては単純な円柱なのですが、とても人一人分の視界に収まりきるものではありません。かつて自分が目にしたあらゆる物体の中で一番の大きさだ、と思ったほどです。物質を構成する最小の粒子を観測するための装置が、なぜそのサイズに見合う小ささとは正反対の方向へ巨大化してゆくのか、それは今でも解けない謎のままです。

周辺に入り乱れるさまざまな機器の間を通り抜け、ようやく私たちは、修理のためドーム状の上部が取り外されたタンクの縁にたどり着きました。そうして、怖がる必要などないにもかかわらず、恐る恐る慎重に、純水に満たされた内側を覗いたのです。

後々、私たちはあの一瞬について繰り返し語り合いました。どこよりも遠い場所へ一緒に旅をしたのと同じ体験です。澄んだ青い水の球体は、足元に浮かぶ一つの惑星でした。

私たち十四人が真に幸運な理由は、ボートに乗って水面へ降りてゆける人々である、という一点に集約されていたと言っていいでしょう。まず全員、命綱となるワイヤーを腰ベルトにつなぎ、ゴンドラに乗り込み、基地となる水面の浮島へ降りてゆきました。発泡スチロール製の浮島は実に心許なく、ゆらゆらと揺らめいていました。そこから私たちは二人一組になり、オレンジ色のボートで水面に漕ぎ出しました。誰と誰が組になるか、別に指示はありませんでした。お互い目配せを交わし合い、何となく成り行きで決まったのです。あなたと同じボートになったのは、本当に偶然でした。

始終、皆無言でした。お喋りに相応しい場所でないのは明らかですし、誰もが自分の声で惑星の水を濁したくなかったのです。最初に伝わってきたのは冷たさでした。人の手に一度も触れていないものだけが放つ独特の冷やかさが、いつの間にかボートの底から立ち上り、私たちを覆い包んでいました。そのせいでしょうか、あんなに広々した場所であるにもかかわらず、なぜか気づくと身を小さく縮め、息を殺しているのでした。余計にヘルメットだけが重く感じられました。

近寄ると水の青色はいっそう透明度を増し、目に吸いついてくるようです。水そのものに色はないはずですから、一体あれはどこから反射してきた青だったのでしょう。いくら科学音痴の私でも、タンクの底の色だと頭では分かっているつもりですが、しかしあれはもっと彼方にある、青と名付けられる以前の何かが映っているとしか思えない色合いをしていました。

オールはあなたが操作してくれました。ボートを漕ぎ慣れた人だとすぐに分かりました。急いで目的地へ向かう旅ではなく、ただ浮かんでいればいいだけとは言え、他のボートと近づきすぎたり、側面にぶつかったりしないよう気を配りつつ、水面のあらゆる場所へ移動できるよう、絶えずオールの角度を微妙に変化させていました。本当はあなたの目を見て感謝の気持ちを伝えたかったのです。でも、どうしてもできませんでした。恥ずかしかったのではありません。大きすぎるヘルメットのせいで、あなたの目が隠れてしまっていたからです。

幸運の機会を少しでも無駄にしてはならないと、私は水面に視線を落とし、天井を見上げ、ぐるりと側壁を見渡して、隅々に目を凝らしました。あなたを意識していると思われないよう、わざと正面には向かないようにし、その代わり、時折オールが水面で立てる小さな音に、耳をそばだてていたのですが、もちろんあなたはそんなことに気づいてなどいなかったでしょう。

私たちの周囲は三六〇度、光電子増倍管が放つ金色の輝きにびっしり覆われています。水の青とその金色が、地下の惑星ではすべてを支配しています。微小なチェレンコフ光を検出できるレベルまで上げるための、直径五十センチのガラス管が、一万本以上、全面に設置されていると、マイクロバスの中で聞いた説明と実際は、やはりかけ離れていました。一本一本の管は一抱えほどの大きさがあり、それがわずかの隙間も許さず、狂気さえ帯びた規則正しさで並んでいるのです。飽きるということを知らない創造主が生み出した、細胞の配列のようでした。

あの場所にどれくらいの時間浮いていたのか、もはや判然としません。ほんの十分くらいだった気もしますし、あるいは今でも私たちはあそこにいるのだ、と言ったとしても間違ってはいない気がします。〝初めて言葉を交わした、宇宙線研究所の円柱形タンクの水面〟さきほどそう書きましたが、厳密には正しい表現ではありません。私たちはずっと黙ったままでした。オールの先からしたたり落ちる水滴と、私の瞳に反射するガラス管の輝きが、二人の間でただ交差しただけです。けれどあれは、まだ言葉を知らない人間が持つ、言葉よりもずっと親密な合図でした。言葉が滅びてもなお生き残る合図でした。

今だからこそ分かることがあります。なぜ幸運な人々は十二人ではなく十四人だったのか。一ダースの鉛筆を選ぼうとして、いつも多すぎる本数を握ってしまっていたのと同じです。私たちはバームクーヘンの空き箱に戻されるべき二本でした。選ばれた中から更に選ばれた、特別な二人だったのです。

あの時の私たちには、その後の二人のすべてが含まれていたように思います。象徴、暗示、目印、気配、予告……。さまざまな形で、現在に至るまでのすべての時間が凝縮され、水面に浮かんでいたのです。ただ一つ、救いようもなく違っているのは、観測装置のタンクのボートは二人乗りだった、ということだけです。

出会った時の私たちをすり抜けていったニュートリノは、今頃、宇宙のどのあたりを飛んでいるのでしょうか。

帰り道のマイクロバスでもまた席が隣同士になったのは、ボートを下りてからの自然の流れで、決して私が意図した結果ではありません。行きに比べ、バスの中は和やかな雰囲気になっていました。最初は知らない者同士だった人々が、ついさきほどの沈黙の時間について、小さな声でお喋りをはじめていました。けれどあなたは相変わらず無口なまま、窓枠に肘を掛け、頬杖をついているだけでした。

不意にあなたが私の肩先をつつき、窓の向こうを指差したのは、大型の作業車とすれ違うため、バスが一旦停止した時でした。そのつつき方がとても紳士的だったので、人差し指が示す脇道の先に素直に目をやることができました。閉山以来、使われていない脇道なのでしょう。そこは真っ暗でした。いえ、そんな言葉では到底足りません。宇宙誕生以前の暗闇がそこにだけ取り残されているかのようでした。そしてあなたの指先と真っすぐにつながる遠い一点に、ぽつんと、光が浮かんでいました。輪郭のくっきりとした、それでいて色も形もない、一切の形容を必要としない光です。もちろんそれが鉱山の出口の一つであるのは明らかでしたが、そんな理解は何の役にも立ちません。生まれて初めて光というものを見たような錯覚に陥り、思わず私は、暗闇の一点とあなたの目を交互に見やりました。いつの間にかヘルメットの縁が持ち上げられ、あなたの目が私のすぐそばにありました。

脇道の暗闇に気づいている人は、他にいませんでした。やがて作業車が行き過ぎ、再びマイクロバスは動きだしました。暗闇は遠ざかりましたが、あなたの目に映し出された光は、いつまでも消えずに瞳の一点を照らしていました。それが、あなたと出会った最初の時です。

昼蛍事件のお医者さんを紹介して下さるとの申し出、こんなにうれしい心遣いはありません。他の誰でもない、あなたにしかできないやり方であることが、いっそう救いとなります。

　それにしても先生が素潜りの専門家だったとは驚きです。奥深く水中に潜るのは、生を閉じるのに等しいとするならば、なおのこと、先生に紹介状を書いてもらうべきなのかもしれません。なぜ自分の病が水と関わっているのか、それもやはり、さきほど書いたとおり、私たちが出会った場所に既に暗示されていたということになります。ああ、自分は少しずつ水に沈んでゆきながら、仮の死を生きているのだ。そう、納得しました。

　ソ連の宇宙飛行士たちが訓練を受けたのは、どんなプールだったのか。あれこれ想像を巡らせてもやはり、素粒子観測装置と変わらない風景しか浮かんできません。私が今沈んでいるのも、宇宙の湖です。私の耳に染み込んできた水に、ニュートリノが反応し、青白い光を放ってくれていたら、と相変わらず懲りずに虫のいい夢を見ています。研究所の人は、いくら光電子増倍管を使ってもチェレンコフ光が目視できるわけではなく、あくまでもモニタに表示されるデータ上の現象だと説明していましたが、果たして本当でしょうか。私は多少の疑いを持っています。限られたメンバーで、日も差さない、外の音も届かない鉱山の地下に閉じこもり、いつやって来るとも知れない宇宙からの訪問者を待っているのです。誰かが何かの拍子に、タンクの中で光が弾ける一瞬を目撃したとしても、不思議ではないと思いませんか。彼らはそれを、自分たちだけに与えられた秘密の特権のようにして、まぶたの内に仕舞っているのです。

昼蛍の光もきっと同じです。

「昼蛍は、一匹もあらわれなかったんだよ」

目を傷めた子どもの気持ちを推し量るどころか、実にあっさりと真実を告げた担任の先生は、知っていたのかもしれません。それが姿を見せようと見せまいと、光はまぶたの奥に、ちゃんと仕舞われている、と。

はじまりは、スリッパがすぐ脱げてしまうのに気づいたことでした。あれっ、おかしいな、というささやかな不思議は、意識に上るか上らないかのあいまいなところをさ迷っているに過ぎませんでした。世の中のたいていの人は、スリッパを履いた自分の脚がどんな動きをしているか、筋肉や関節や筋がどう連携してスリッパと足を一体に保っているか、説明などできないはずです。ですから当然、修正の仕様もないのです。

しばしば私は階段の途中で、部屋の真ん中で、立ち往生するようになりました。自分の後ろに取り残されたスリッパを振り返り、ついさっきちゃんとそれを履いたはずなのになぜかむき出しになっている足を見つめ、小首をかしげました。私の気持ちを代弁するように、スリッパは心細げにぽつんと転がっていました。

ごめんなさい。本当は病気のことをくどくど書くつもりはありませんでした。独《ひと》りよがりになって、あなたをうんざりさせてしまうのが怖かったからです。けれど、きみの手紙に重さが感じられない……という一文を耳にした瞬間、いよいよあなたの洞察力の鋭さにびくっとし、小手先の誤魔化しなど意味がないと思い知らされました。また別の意味で、怖さを味わったとも言えます。離れ離れになっていた時間などまるでなかったかのような、まっさらな言葉を書きつけることのできる、あなたの魔法に圧倒されたのです。

一つずつ、できない事柄が増えてゆきました。包丁を持つ、微笑む、ボタンをはめる、咳ばらいをする、ラ行を発音する、寝返りを打つ、瞬きをする……。一度できなくなれば、決して逆戻りすることはありません。今の私は重力に支配されています。重力に抵抗する力が、もう残されていないからです。どうせ見えない力で引きずり落とされるのなら、せめてたっぷりとした水の中をゆっくり沈んでゆきたい。そう願って書く私の言葉に、重さがないのは当然の成り行きなのでしょう。あなたの書く、時間のない言葉と、重さのない私の言葉。互いの手紙が対をなし、交差している前で、私はただチェレンコフ光を目にした幸福な人のように、黙って立ち尽くすばかりです。

実は、前回の手紙で一番心を引き寄せられたのは、スプートニク二号に乗せられたライカ犬が雌だ、と書かれているくだりでした。つい、「えっ」と声が出そうでした。

なぜだか自分でもよく分からないのですが、ずっと雄犬だと思い込んでいました。ライカ、という名前の響きがどこか勇ましく聞こえたからかもしれません。もしこれがErikaなら、こんな勘違いはしなかったのでしょうけれど。

　あるいはいつか二人で観た映画、『マイライフ・アズ・ア・ドッグ』のことを思い出したりもしました。母の病状が悪化し、たった一人叔父さんの家に引き取られた主人公の少年イングマルは、悲しい出来事に出会うたび、人工衛星に乗せられ餓死したライカ犬より、僕の方がましだ、と自分に言い聞かせます。自分の不幸を宇宙の犬と比較できる少年と、架空の友だちに手紙を書いたアンネ。二人は同じボートの乗客です。自らに与えられた運命の理不尽さに目をつむるため、彼らが編み出した苦肉の策の何と愛らしいことか。

　イングマルは美少年タイプではなく、親しみ深い素朴な顔立ちをしていました。笑っていても、目には、声変わりをする前の男の子特有の危うさと切なさがあふれ、それがライカの境遇に重なって、私の中でいつしか犬は雄になっていたのでした。

　しかし実際、ライカ犬は地球の軌道を周回中に餓死したのではなく、打ち上げからほどなく、ショック死していたようですね。餓死とショック死、残酷なのに変わりはありませんが、たとえ爆発と衝撃の恐怖の中で訪れた死が一瞬だったとしても、少年の不幸を紛らわすのに不十分、というわけではないはずです。一人の少年の孤独にひとときでも寄り添えたと知って、ライカ犬は宇宙のどこかで、尻尾を振っているかもしれません。

イングマル少年のように詩的ではありませんが、正直に告白すれば、私も子どもの頃、実験動物たちと秘密の関係を結んでいました。十二歳の私にとって一番の愛読書は、歯医者さんの待合室に置いてあった、『世にもかわいそうな動物たち』という本でした。それは科学の進歩の過程において犠牲になった、さまざまな動物を紹介する読み物で、抗いがたい魔力を持っていました。一旦ページを開けば、歯の治療の恐怖など吹き飛んでしまうほどでした。

例えば、蜘蛛に薬物を注射して巣を作らせる（巣の構造を最も乱すのはカフェイン。最も複雑な模様を描くのはマリファナ）。子犬を長時間眠らせないでおく（九十六時間から百四十三時間の間にすべて死亡）。子犬の頭を母犬の胴体に移植（麻酔から覚め、研究者の手を嚙むほど回復したものの、六日後に感染症のため死亡）。生後七か月のチンパンジーを十か月の人間の赤ん坊と一緒に育てる（サルが人間化するのではなく、赤ん坊がサル化。実験終了後、一年も経たずにチンパンジーは檻の中で死亡。人間の赤ん坊は成人後に自殺）……。今でも、ありとあらゆる実験例を思い出せます。

特に忘れがたく、最も深い同情を私が寄せたのは、何と言ってもパブロフの犬です。パブロフ博士は唾液腺の働きについて調べるため、犬の頬に穴を開け、いろいろな餌をやってそこから唾液を取り出そうとしました。でも犬は、餌を見るどころか、博士の足音を聞くだけで唾液を出すようになります。餌の種類による唾液の成分の変化を分析する、という当初の目的は方向転換せざるを得ませんでした。犬の賢さが実験に新たな光を当て、結局は博士にノーベル賞以上の名声をもたらしたのです。

　本に載っていた実験中の白黒写真をよく覚えています。何の変哲もない黒っぽい犬が、木製の台の上に立たされています。体のあちこちからのびる、太さの異なる管が、頭上の柱につながって身動きできません。耳と尻尾は垂れ、目はうつろで、しゃがみたいのを我慢しているせいか、片方の後ろ脚が不自然に曲がっています。

　唯一の救いは、写真の粒子が粗いおかげで、頬に開けられた穴がはっきりとは見えないことでした。頬に穴を開ける。それがどれほど痛いものか、少女は想像したくもありませんでした。彼女に分かるのはただ、間違いなく虫歯を削るよりもずっと痛いだろう、ということだけでした。目の前に並んだご馳走を口に入れても、全部穴からこぼれ落ちてしまい、少しもお腹には入ってゆかず、おまけにローストチキンやリブステーキやスペアリブの骨が穴に挟まって、食べれば食べるほど痛みは激しくなるばかりです。少女の空想の中でパブロフの犬は、苦痛に顔を歪めながらも、なぜこんなふうになってしまったのだろうと、思案に暮れています。まるで自らに非があるかのようなその表情が、いっそう少女を辛くさせます。

ただし少女は、イングマル少年とは少し違いました。パブロフの犬で虫歯の自分を慰めたのではありません。彼女は歯医者さんで『世にもかわいそうな動物たち』を読んだ夜は必ず悪夢にうなされ、翌朝、発熱しました。この法則に気づいた少女は、早速、それを利用しました。学校をずる休みしたい日の前日、歯医者さんへ行けるよう画策したのです。給食のメニューが八宝菜、耳鼻科検診、持久走大会、プール掃除、製鉄所への社会科見学……。休みたい理由は多々あります。学校の予定表をにらみ、休むべき日を特定すると、適切なタイミングで歯の不具合を訴えます。母親に怪しまれないよう、周到な準備と演技力が求められます。上手《うま》く待合室までこぎ着けたら、あとはかわいそうな動物たちに没頭するばかりです。

パブロフの犬は幾度となく少女を、ドロドロして薬臭い八宝菜や、社会科見学での車酔いから救い出しました。自分だって大変な危機に直面しているにもかかわらず、少女の願いを叶えてやりました。

今から考えれば、あの本にライカ犬が登場していても、何らおかしくありませんでした。むしろパブロフの犬とともに、主役の扱いを受けるべきではなかったでしょうか。パブロフ博士もロシア人です。ソ連のライカ犬とロシアのパブロフの犬。第一章と最終章を飾るに相応しい、尊い犠牲の象徴です。

ただ、宇宙で孤独死した犬には立派な名前がつけられているのに対し、頰に穴を開けられた犬が無名なのは、少し気になります。常に博士の名前だけが前面に出て、犬はまるで付け足しのような扱いです。それではあまりに、かわいそうじゃありませんか。

イングマル少年のやり方を真似て、私もパブロフの犬のために祈りましょう。

「重力に閉じ込められるより、頬に穴を開けられる方がましだ」

二人で幾度となく通った野球場は、ポプラ並木に囲まれ、空が近く、観客席の上段に座ると気持ちよく風が吹き抜けてゆきました。一人の時はお互い、タイプライターのキーボードやクローゼットの中や、狭苦しいところに閉じこもってばかりの私たちでしたが、二人一緒の時は広々とした場所へよく出掛けました。元鉱山の地下からはじまって、観光牧場、古墳、操車場跡地、外国樹見本林、河川敷……。そして今日は、健気な犬たちと一緒に宇宙を散歩した気分です。あなたのおかげです。

この手紙は、隠れ家へ続く回転式書棚の、事務用ファイルに挟んでおきましょう。確実にあなたの手に届くことを願いながら。

地球の向こう側から日蝕のニュースが流れてくる夜に

追伸

ライカ犬は切手になっていますね。額から鼻にかけ、一筋続く白い毛がりりしいのですが、耳の先端が折れ曲がっているせいで、あどけなく見えます。ところで、パブロフの犬は雄と雌、どちらなのでしょう。

六通目

この世に言葉と呼べるものがどれだけ存在しているのか想像もつきませんが、ヒトが使いはじめた言葉になる少し前の声や、一定期間使用されたのちに消えてしまった言葉、あるいはそれを口にしていた種族もろとも消滅した言語をふくめれば、星の数ほどあったでしょう。しかしその大半は、沈黙のうちに、眼に見えず耳にも聞こえない物質として心を通り過ぎていきます。やりとりを可能にするだけではなく、それらがたがいの身心の、最も深い部分に沁みていくさまを感じ取れるとしたら、単体ではほんのわずかな質量しかない言葉が、闇のなかでべつのだれかの言葉とぶつかって光を放つ瞬間をとらえた結果だと思うのです。

あの日の最初の出会い以来、幾度も語りあってきたふたりの、口には出されなかった言葉たちとまなざしの交錯は、たぶんチェレンコフ光に近いものなのでしょう。偶然の重なりは、運命ではなく必然になります。光学器械の助けを借りずに不可視の光を感知できたとき、それがふたりにとって唯一無二の体験になるのですね。帰りのバスのなかで、ぼくが闇に埋もれた側道の先を指差したのは、無言の湖を渡るあいだに得たなにかがそこで可視化されていると直感したからです。たがいにそれを感じていたことはあとになってわかりましたが、K町での体験を語り直してくれたきみの静謐《せいひつ》な言葉によって、記憶のニュートリノにふたたび質量が与えられたような気がしています。

病のことは、うすうす勘づいていました。まぶたを閉じるという決断は、それをふたたび開くことができなくなる症状を、あえて先取りしたものでしょう。思うようにならなくなってきている身体の軋《きし》みのひとつひとつが確実に伝わってくるのは、ぼくたちのあいだにまだ編み糸の命綱が結ばれている証しなのです。きみの言うとおり、この地上で重力の支配に抗するには、水の浮力を利用して相対的な自由を手に入れるほかありません。もうひとりのぼくの主治医が体調を崩した宇宙飛行士たちのリハビリを手がけていたプールについては、軍事機密がからんでいるらしいのであまり詳しく語ることはできないのですが、当時世界で最も深いとされていた、水深四十メートルのダイビングプールに匹敵する規模のものでした。一般の患者がリハビリに使うのは、温水で立ち歩きのできるタイプでした。もとは鉱山で働く人々の治療に使われていた浴槽です。特別なプールは立ち入り禁止区域にあり、先生の力が及ばない公的機関のスタッフが常駐しているとのことでした。なぜこんな村にこんな施設があるのか、村長はよほど危うい橋を渡っているにちがいないとの噂もありましたが、真偽のほどは定かではありません。ただ、少なくとも先生が裏表のある行動をする人でないことは、村のみなが知っていました。

垂直の洞穴かと見まがうプールがそこに造られた理由の第一は、水です。ぼくのなかのぼくの眼を奪った木の近くの、昼蛍騒動の池と水源をおなじくする湧き水は、きわめて透明度が高いことで知られていました。それを特殊なフィルターで濾過した超のつく純水が、プールを満たしていたのです。塩素は使われていません。

水深四十メートルの絶対圧力は五気圧。宇宙飛行士の訓練に必要なのは、せいぜい十数メートルです。ここでは宇宙服を着たまま潜るのではなく、素潜りを利用した治療とリハビリが行われていて、重視されていたのはヨガの瞑想《めいそう》に似た特別な呼吸法の習得でした。それによって、みずからの意志で臓器のまわりに血液を集めるのです。瞑想の環境には、濁りがあってはなりません。遠い村のプールの話をしたのは、その澄み切った水が、きみの真っ白な、肌というより皮膚と呼ぶほうがしっくりくる繊細な身体の表面に、いささかの刺激も与えない安全なものであることを確信しているからです。

はじめてきみの手に触れたときの驚きは、いまも忘れません。指が皮膚を通り抜けて、そのまま存在のアースのような細い骨に達したかと錯覚するほどのはかなさでした。振り返ってみれば、惑星湖の水面を滑るボートの上で感じていたのも、それと似た感覚でした。言葉のチェレンコフ光を捕らえるには、太陽光を受けて光子加速できるくらい感度の高い皮膚が必要なのでしょう。「人の手に一度も触れていないものだけが放つ独特の冷やかさ」。惑星の水についてのきみの表現がすんなり理解できたのは、ふたりで時を過ごすようになってもその印象が変わらなかったからです。頬も、うなじも、背中も、触れあうたびに表面が深さに変わる不思議を体験させてくれた肌には、いや薄い皮膜には、ニュートリノを検出するために造られた純水の人造湖とおなじ冷たさが張りめぐらされていました。

心が冷たいということではありません。魂まで冷えた人が、どうしてぼくのような者に編み糸の命綱を投げてくれるでしょうか。きみの肌から伝わってきたのは、凍りついた炎のあたたかさです。ついに姿を見せなかった昼蛍のそれと同質の、けっして確かめることのできないぬくもり。近づけば近づくほど遠ざかっていく肌の感触をそれでも逃さず、表面に走る震えの軌道を追うことができたのは、内側に指標となる蒼い炎が揺れていたからです。塩素まじりの水は、それを殺してしまいます。視力を失ったぼくのなかのぼくをいつも支えてくれた先生なら、耳鳴りを止め、めまいを消し、闇という文字のように、魂の門構えのなかに音を導き入れてくれるでしょう。

しかし、いまこの手紙を認《したた》めながら、小さくはない不安に駆られていることを告白しなければなりません。地下の惑星の湖に浮かべたボートでオールを握り、ヘルメットのなかで歪みのある波を立てないよう細心の注意を払いながら、ぼくはぼくで息を殺して、昼蛍になったきみが三六〇度、あまさず観察している様子を追っていました。なかほどまで来たとき、ほんの一瞬、真っ青な湖底に黒い影がよぎったのを覚えていますか。きみは手紙のなかで言及していませんでしたが、あれはたしかに生きものの影でした。魚でも亀でもなく、もっと敏捷に動くなにかです。もう絶滅したとも言われている揚子江イルカやバイカルアザラシのような、淡水で暮らす生きものだったのでしょうか。そんなはずはありません。生物など入り込めない空間です。あれは、実体のない想念でした。神秘の、ふたりだけの、言葉を超えた理解のしるしの裏側にあったその内実について探るのはやめておきましょう。ながい忘却のトンネルを抜けたあとの船出となれば、あのボートは、渡し守カロンなしで黄泉《よみ》の国へ向かうために用意されていたと言ってもおかしくないのですから。

ぼくの言う不安とは、きみがそのプールに身を沈めて自由を得たとたん、だれにも手の届かない時空を潜り抜けて、べつの世界に消えてしまうのではないかということです。繊細な皮膚を持つきみと水とのあいだには、余人の介入を許さない、親密な関係がはじめから結ばれているような気がします。振り返る、思い出すという行為は、そもそもいちばん大事な部分を迂回せざるをえない、いつも手遅れの状態を前提にしてなされるものです。きみの身体はもうぼくの近くにありません。きみの声は、もう耳に届きません。ぼくにできるのは、大切にしてきた蒼白く愛おしい光を見失わないよう、ありもしない不純な記憶まで交えて、重力に抗おうとしているきみを遠方から支えることだけです。

K町の宇宙素粒子観測施設の、あの巨大な実験装置に包まれながら見ていたのは、水だけではありませんでした。きみも驚愕していた、あの直径五十センチほどの光電子増倍管からなる集合体のせいで、ふたりは巨大なガラス容器のなかに閉じ込められた虫のように小さくなっていました。巨大な虫に睨まれていた、と言ったほうがいいでしょうか。あの空間の、人智を超えた惑星規模の大きさに圧倒されたと、きみは何度も語ってくれました。ボートの小ささと周囲の広さの不釣り合いは、その後どこを訪ねても消されることのない原初体験となりましたが、ぼくがまず連想したのは昆虫の複眼でした。

個眼が無数に集まってできた複眼は、人間の眼球では捉えられない紫外線や偏光まで感知できるようになっています。見えている世界がまったくちがうのです。まだブラウン管が主流だった時代、函型の受像器をたくさん積みあげてさまざまな実験的映像を映し出す現代美術のインスタレーションを観たことがあります。そこで、偶然、すべての受像器がひとりの観客を飲み込む瞬間に出くわしました。何十個というテレビにいびつな自分の姿が出現するのです。あの日、ぼくの身体を襲ったのも、それとおなじ感覚でした。超純水の円柱の天蓋から底までびっしりと埋め尽くした一万個以上の個眼のひとつひとつに、ボートのふたりが捕捉されているのです。機械が生きた細胞になって稼働し、記憶の破片が統合されて、いままで想像もしなかった色合いを持つ像になるのを、だれかが操作して見ているのです。複眼にはまぶたがありません。表面が乾くことのない複眼からは涙も出ません。きみがまぶたを閉じる決心をして、それでもむかしと変わらない言葉を届けてくれたとき、闇のなかに閉じこもったのではなく、異なる機能の眼球を手に入れたのだと考えることにしました。

　秋のはじめに、在来種の馬が放牧されている山間の村を訪ねたことがありましたね。牧場が見たいというきみの希望を叶えるためにいくつか挙げた候補のなかから選んでくれたのは、ぼくにもわりあい近しい土地でした。蒙古《もうこ》馬の流れを汲む小型の野生馬がいる保護区のような岬にも心惹かれたのですが、日中の海辺の陽射しを二時間近く浴びなければならないその解説付きの催しに参加していたら、きみの肌はぼろぼろになっていたでしょう。他方、電車とバスを乗り継いでたどり着いた山の牧場は、長袖の上着が欲しくなるほどの気候でした。馬といっしょにいたのは、しかしほんの三十分ほどで、あとは近隣の遊歩道を散策して、谷川のほとりに立つ古いホテルに宿をとりました。夕食のあと、灯りを消した部屋の窓際に椅子を置いて星空を見あげながら、ぼくはいつものように、きみの話に耳を傾けていました。細いけれど芯のある声が、内容によって微妙に変化します。興に乗ると早口になる人は少なくありません。しかし、きみは逆です。物語に入り込めば入り込むほど、ゆっくりした口調になる。大事な箇所の手前で、口をつぐんでしまうこともあります。

言葉がとぎれると、谷を流れる川の瀬音が聞こえてきました。山の空気はさすがに澄んでいて、月影も冴えわたっています。木々の塊が眼前に黒く迫っているのに、闇はむしろ閉塞感を消していました。にもかかわらず、あるいは、それだからこそでしょうか、きみはいつものように、「閉じ込められている人」や「閉じこもっている人」、そして「閉じ込める人」を記録した架空の人名録を一頁ずつ心のなかでめくって、その日、その時間の雰囲気にふさわしい人物の半生を愛おしそうに語ってくれました。きみの声を通して長年の知己になった人物に再会するのは、大きな喜びです。あの夜聞かせてもらった話のなかで印象に残っているのは、百葉箱のなかにうずくまって何年も暮らしていた小柄な老人の数奇な半生でした。老人は箱男の一族です。ただし箱をかぶって歩きまわることのない箱男。観測員がデータを取りに来る日には、律儀に外に出ます。社会に対してそのようにまめな応対ができるなら、わざわざ箱のなかで暮らさなくてもいいのではないかといった無粋な想いを禁じる、不思議に説得力のあるポートレイトをきみは描いていきます。それはほとんど、神託でした。百葉箱はもう役目を終えた過去の遺物になりましたが、高床式の巣箱のようなかたちへの愛着は、ふたりが共有していたもののひとつです。控えめなあのスリットは、視野を限るどころか、想像力に働きかけてくる装置でした。

——つぎは、あなたの番。

どのくらい時間が経っていたのでしょうか、沈黙を脇に追いやって、きみは複眼ではない目をこちらに向けました。昼間は鳶色《とびいろ》に収まっている瞳が野性味を帯びた黒になり、中心に蒼白い光が宿っています。視線をそらすわけにはいきません。ひと呼吸置いて、ぼくは語りはじめました。

——朝、目が覚めると……。

すぐに言葉が出てきませんでした。一分、二分、素潜りがつづきます。不安に駆られて、きみが口を開きました。

——……毒虫になっていた？

そうかもしれない、とぼくは思いました。しかし、そちらの方向へは進みませんでした。
――……いや、びっしょり汗をかいていた……ぼくが、ではなくて、主人公が。

頭に浮かんでいたのは、カフカではなく、オクタビオ・パスの短篇でした。涼しい山の夜とはかけ離れた、蒸し暑い、どこか南米の村が舞台です。主人公はその村の安宿に泊まっています。おそらく旅の疲れで、到着するなり寝入ってしまったのでしょう、目覚めたときは夜になっていました。ベッドはありません。ハンモックが吊られているだけです。煉瓦の床は熱を持っていて、打ち水を蒸発させ、部屋をさらに息苦しくしています。百葉箱があったら、湿度九〇パーセント以上が記録されていたでしょう。服を着て外に出ると、入口の籐《とう》椅子に隻眼《せきがん》の主人が腰を下ろして、無事なほうの眼を半ば閉じたまま煙草を吸っていました。それほど遅い時間ではなかったのですが、主人によると、店はどこも閉じているし、散歩しようにも道には灯りひとつないらしい。主人公はかまわず出かけます。彼は火を持っていました。煙草を吸うからです。闇を照らす最初の光は、マッチの炎でした。それから、煙草の先に宿った黄色い火。それに誘われるように月があらわれ、徐々に世界が立ちあがります。風がかぐわしい樹木のかおりを運び、まわりではコオロギが鳴いていました。

作者は詩人です。世界の誕生に立ち会っている彼は、闇のなかで結びつく宇宙のすべての事象を「会話」に喩《たと》えます。自分の行動も星の明滅も、この話をきみにしていたぼくも、聞いていたきみも、宇宙全体の「会話」を成り立たせる語句や音節の一部になるのです。自分がそのような音節をなすとしたら、それでできあがっている言葉はどんな言葉で、だれがだれに向けて語ろうとしているのか。物語にそんな省察が組み入れられるのは奇妙なことですが、詩人というのは特別な種族ですから、どこかで自分のプールの底に穴を開けて、べつの世界に住んでいる未知の詩人の作品と通じてしまう力を持っているのです。その詩人の詩行を、ぼくはうろ覚えで口にしました。いま、手持ちの版に当たって書き記してみます。

はなやかな雲やつめたいにほひのあひだを
交錯するひかりの棒を過ぎり
われらが上方とよぶその不可思議な方角へ
それがそのやうであることにおどろきながら
大循環の風よりもさはやかにのぼつて行つた
わたくしはその跡をさへたづねることができる
そこに碧い寂かな湖水の面をのぞみ
あまりにもそのたひらかさとかがやきと
未知な全反射の方法と

さめざめとひかりゆすれる樹の列を
ただしくうつすことをあやしみ
やがてはそれがおのづから研かれた
天のる璃の地面と知つてこゝろわななき
紐になつてながれるそらの楽音

宮澤賢治「青森挽歌」の一節です。きみとの思い出の数刻だけでなく、語っている現在のぼくの心の動きにも、この詩人の声はじつにしっくりきます。前回書き送った宇宙飛行士の、存在の足場をなくした当惑が、「われらが上方とよぶその不可思議な方角」と記された瞬間、特別ななにかに変容するのです。ふつうの人々にとっての「上方」が、彼らにとっては意味を持ちません。「碧い寂かな湖水の面」といい、「紐になつてながれるそらの楽音」といい、蒸し暑いメキシコの闇と寒い日本の北国がこうして結ばれ、言葉が地球を貫通するニュートリノになるのです。でも、ぼくがそのとき話したのは、短篇の主人公の、星空と世界についての考察だけでした。タイプライターで打っていた叙事詩は、こうした楽音にかかわるものでもあったので、いくらか熱が入っていたのかもしれません。抽象的な表現に途中でついていけなくなって、ぼくはまた黙り込みました。

――それでおしまい？

きみはすっきり話を終わらせる。ぼくは途中で自分の言葉ではないただの音節になって全体像を見失い、尻切れとんぼになる。それでおしまい？　これはいつもの相の手です。先があろうとなかろうと、きみはかならずそう言うのです。意図しているわけではありませんが、結果としてその台詞を耳にするのは喜びでもありました。ただしあの晩は、それでおしまいにはなりませんでした。オクタビオ・パスの短篇の主人公は、瞳の園のような夜空の下で、不意に人の気配を感じるのです。気がつくと、背中にナイフが当てられていました。動かないで、と男の声が言います。動くな、ではなく、動かないでというやさしい問いかけが、よけいに恐怖を募らせます。姿の見えない男の望みは、物品でもお金でもありませんでした。眼だったのです。

殺しはしない、ただ眼が欲しいだけだ、青い眼の束を持ってくるよう恋人に頼まれたと言うのです。自分の眼は黄色だと抵抗しても、男は信用しません。マッチを擦らせて、色を確かめるのです。そこから先は、話しませんでした。きみも催促はしませんでした。なぜそんな話をしたのか、その段階ではもう察しがついていたでしょうから。この一篇には、K町の地下惑星の複眼に囲まれたふたりの気持ちが、あまさず表現されていたのです。青い眼の束、青い個眼を束ねた言葉のブーケを前にして、ぼくたちはふたつの音節にすぎなくなっていました。あれからいろんな場所で星空に出会うたびに、この夜のことを語りあいました。あるいはまた、きみが編み物をしているときにも。

編み物をする人の指先は、ひとつの奇跡です。毛糸がどんどんつながって、重量のある一枚の織物をなしていくあの過程を見ると、ぼくはふらふらしてきます。糸を食べているのか吐いているのか、判別がつかなくなるのです。差し引きゼロの行為なのに織物の面積は確実に増大する、その理屈がすんなり納得できないのです。それにあの、神業のような「減らし目」の技法。ひとつふたつみっつと、毛糸の目の花弁を開いておいて、手品みたいに毛糸の環をくぐらせる減らし目は、字面だけ見るとずいぶん残酷なものに感じられます。Ｋ町の青い眼の束が、突如、大量に破裂した例の大事故は、まさしく減らし目だったのです。

山間の宿で話し疲れて横になったきみの瞳からは、蒼白い光が消えていました。そのかわり、透き通るような肌の下で、命が臨界に達したかのような、もっと濃く深い青が明滅していました。手でつまみあげられそうな近さにありながら、どうしてもつかみきれない遠さの象徴としての光。そういう光を放つときのきみは、宇宙空間に浮いていると言っても、水中に浮かんでいると言っても変わらない、軽さと重さの対比を排除した天使の浮遊そのものを体現していました。いっしょにいるのに、どうしてこれほど遠いのか。あのころの疑問が懐かしく感じられます。なぜなら、こうして離ればなれになったいまこそ、ぼくたちは距離を縮めているからです。

クリカレフ、チェレンコフ、そしてパブロフ。アンネ・フランクやバフチャルをふくめると、ふたりの興味関心はどうやら西側ではない世界を中心に動いているようですね。超純水の湖からバイカル湖へと連想を走らせたのも、その流れに与しています。世界中の淡水の五分の一近くがあの湖にあると教えてくれたのは、もうひとりのぼくの主治医でした。三千万年前に誕生した水深一千六百二十メートルの巨大な三日月湖。ユーラシアとアムールの、ふたつの大陸プレートがぶつかりあうちょうどその境目に位置しているため、現在もなお、少しずつ湖面がひろがっているそうです。水深四十メートルのプールの純水にきみが身体をゆだねたら、だれも知らない抜け穴を見つけて姿を消すかもしれないというぼくの妄想の先には、バイカル湖がありました。バイカルアザラシは、透明度が高く、目視で餌を捕らえられる水のなかで生きてきたため、眼球が異様に発達しています。肉眼でチェレンコフ光を捕捉できるのは、あの深い湖のなかに棲む小ぶりなアザラシくらいのものでしょう。しかし、水の冷たさに耐えられたなら、まぶたを閉じたきみの眼も、彼ら以上の精度で見えない量子をとらえて、それを世界の「会話」に加えることができるはずです。

ところで、動物実験の犠牲者たちの物語は、いつもながら強烈でした。博物館にいくと、ぼくがつい眼をそらしたりする標本の前で、きみはながいあいだ立ち止まっていました。傷ひとつない、美しい皮膚をもった生きものが、少し濁りの生じたホルマリンのなかに浮いている。浮くという重力に反する幸福が、ガラス容器のなかに幽閉される不幸と相殺されて、見る者の心を無の状態にしてしまう。それを静けさと呼びうるなら、きみはいつも声と体温を失った命の静けさに引きつけられているようでした。剝製や化石のケースに張りついて動こうとしないきみの横に立つのをためらって、ぼくはきみの背中を見ていました。動物たちをそのような状態に追い込んだ人間の行為に対する怒りと、そのような状態に追い込まれたものたちへの悼みに引き裂かれながらも、きみの顔にはどこか醒めきった笑みが浮かんでいました。もちろん、背中越しにそう感じただけのことで、実際のところはわかりません。すべてを許容し、すべてを受け入れる宗教者の、厳としてかつやわらかい背骨から、あの青い光が放たれていました。そうです、もう生き返ることのないものたちを想って、あの光は生まれるのです。超新星が爆発し、死と引き替えに放った量子に厳粛な反応を示すのも、そのせいなのです。

歯医者の待合室で、科学実験の犠牲となった動物たちの物語を読む十二歳の少女。虫歯を削られる前に、自分よりひどい目にあった『世にもかわいそうな動物たち』を思い浮かべて、痛みを先んじて味わい、勇気をもらおうとする少女の姿は、いまのきみとも重なります。恐怖の椅子で治療のために口を開けていると、おいしいものなどどこにもないのに唾液が出てきますが、あれもまた、パブロフのいう条件反射のうちに数えられるのでしょうか。パブロフの下の名は、イワン・ペトローヴィチ。こうしてファーストネームで呼ぶと、ぼくの頭のなかでは、ノーベル賞を受賞した実在の生理学者が、アントン・パーヴロヴィチ・チェーホフの小説の登場人物に姿を変えて動きはじめます。

——いいですか、イワン・ペトローヴィチ、あなたが先年マドリッドで講演なさった「動物における実験心理学と精神病理学」に関する論考は、要するに、これまで心理的、精神的な現象と考えられていたことも、じつは化学的な反応として説明可能だと説くものなのですね。

——そのとおりです。

——心や魂は関与しないと言われるのですか？

——もちろんです。関係するのは物質です。物質の連鎖が化学反応として濃度に差のある唾液を発生させるのですよ。心や魂などというものは、ここでは関係ありません。

——それは聞き捨てなりませんな、イワン・ペトローヴィチ、あなたは犬に魂などないとおっしゃる。犬はただ、あなたの学説を証明するために都合のよい道具にすぎないと。しかし、あなたにも「心」の通いあう愛犬がいたではありませんか……。

パブロフの犬は、一頭だけではありません。個体差を解消するには雌雄どちらも揃えて、かつ複数が必要になりますし、収容所のような認識番号ではなく、名前で呼ばれていたことでしょう。正しくは、パブロフの犬たちと言うべきなのです。特別な手術をほどこされた犬たちは、消化器官を専門としていたイワン・ペトローヴィチが大脳生理学へと飛躍するための、大きな力になりました。彼らはたしかにライカ犬と同様、かわいそうな動物たちのなかに入りますが、命を奪われたわけではありません。実験が終わったあとは、もとの状態に戻してもらえたにちがいない。そう祈りましょう。

それにしても、『マイライフ・アズ・ア・ドッグ』は懐かしい。かなり傾斜の急な客席のなかほど、左端の席でしたね。ぼくが左側で、きみが右側にいたはずです。宇宙に飛ばされたライカ犬に比べれば自分の境遇はまだましだと、イングマル少年は繰り返します。あの映画は、いまはもういない母に捧げたオマージュであることがかなり早い段階で明かされるので、くすくす笑えるような場面がたくさんあったにもかかわらず、どこかもの悲しい記憶として残っています。この年齢になって振り返ると、真の主役は、どうしようもなくへまでやんちゃな、それだけにいっそう愛おしい次男坊イングマルに対して、終わりの見えている病のせいでいらだち、それを抑えることができないまま逝ってしまった母親だと思わずにいられません。そして、ライカ犬よりもはるかに「かわいそう」だったのは、シッカンという名の、イングマルの犬です。最初に音を聴いたとき「疾患」と脳内で変換していたために忘れがたい名になっているのですが、母親の治療のために兄弟を外にあずけるに際して、シッカンは宇宙船に乗せられるどころか、地上で処分されてしまうのです。うすうす気づいていたことがおじさんの口からはっきり告げられる場面で、右隣に座っていたきみの細い肩がぴくんと動いたことをよく覚えています。いっしょに田舎に連れて来られていたら、シッカンは死ぬこともなく、村道をワイヤーで横切る手作りの宇宙船に乗ることもできたでしょう。

映画のポスターに使われていた、イングマルとシッカンのツーショットは、写真家だった母親の、渾身の一枚でした。出口近くで、ぼくたちは示しあわせたようにあのチラシを手にしました。少年と犬の眼に、フラッシュの反映ではない光が宿っていたことも、きみは見逃さなかったはずです。ああいう光を、時代遅れを承知で、魂と見《み》做《な》しておきたくなります。クローゼットのなかでのきみが、弦楽器の魂柱《たまばしら》とおなじ役目を果たしていたという話はまことにそのとおりで、それがなかったら、ぼくはたちまち自分を見失っていたでしょう。魂柱は接着剤で固定されているのではなく、弦の張力で押さえつけられているだけです。オクタビオ・パスの言うように、この世界があらゆる部品からなる会話であって、ぼくたちがそのなかの楽節や楽音にすぎないとしても、ひとりひとりが世界の魂柱になりうると思うのです。突飛な想像ですが、ふたりが出会った、まぶたのない碧眼に囲まれた湖に浮かぶボートも、そうした魂の柱のひとつだったのではないでしょうか。倒れた魂柱は修復可能です。問題は、その意志があるかどうかだけです。ひとり乗りのボートを、たがいに見失わないようにしましょう。ぼくはいつでも、きみのためにオールを漕ぐ準備をしています。

台風の黒い眼のなかで——

七通め

今回のあなたの手紙もまた、発見に満ちていました。私たちが二人だけに通じる言葉で手紙をやり取りできる理由を、オクタビオ・パスの短篇の主人公が明らかにしているとするなら、これほど心強いことはありません。私たちが交わしているのは、世界を成り立たせる、あらゆる事象たちの会話の一部分であり、誰一人すべてを読むことは叶わない壮大な叙事詩の、途中の一ページに出てくるわずかな数語です。自分から手紙を書いておきながら、私は湖の底に、外へ通じる穴が開いているなどとは気づいてもいませんでした。あなたはその水路の入口を、教えてくれたのです。鉱山の地下で、坑道の暗闇に取り残された光を、指差してくれた時と同じです。

考えてみれば出会いの時からずっと、離れ離れになった今でも変わらず、ぼんやりした私のためにあなたは、世界に隠されたさまざまな秘密のありかを指し示しています。全くの無関係に思えるAとBが、実はこっそり視線を送り合っている。他の誰も気づかないその視線の交わる一点を、あなたの目は捉えています。もしかするとそこには、選ばれた人だけに見える、チェレンコフ光のようなものが発生しているのでしょうか。

自分がもし特別な目の持ち主だと分かったら、私ならきっとはしゃぎ回って自慢するでしょうが、あなたはそんなはしたない真似はしません。いつだって節度を守っています。私の肩先に触れる指先は、あくまでも控えめで、うっかりするとやり過ごしてしまうほどです。

「いや、君の邪魔をするつもりはないんだ。お節介だったらごめん。すぐに忘れてもらって構わないよ」

そんな、ためらいさえ伝わってきます。

しかし、人差し指の先に示された秘密が、邪魔やお節介であったことは、一度としてありませんでした。それを目の前にした私は、驚きと喜びと畏怖の念に打たれ、言葉もなく、立ち尽くすばかりでした。そして最初の動悸が少し治まったあと、振り向いてあなたと顔を見合わせる一瞬が好きでした。くどくどした説明など必要なく、ただうなずくだけで、言葉以上のすべてを分かち合えた気持ちになれる、いとおしい一瞬です。あなたはどんな測量士にもできないやり方で世界を測り、闇に潜む地下茎や、地層に眠る橋梁《きょうりょう》や、湖底に沈む竪穴《たてあな》を見出し、新しい地図を描く人です。ライカ犬とパブロフの犬が、オクタビオ・パスと宮沢賢治が交差し、青白い光が放たれた時、思わず私は振り向きました。もはや、そうするための筋肉が働かないのは分かりきったことなのですが、長年の間に染み付いた親しい動作の軌跡はまだ、まぶたの裏の暗闇に残っているのです。もちろんそこに、あなたはいません。無言のうなずきもありません。ただ肩先によみがえってきた人差し指の感触だけが、私の記憶の正しさを証明してくれていました。手紙に記してきたあれこれが、病がもたらす単なる混乱ではないと分かって、安堵しています。

まぶたを閉じ続けることで、例えば昆虫の複眼のような、以前とは異なる機能の眼球を手に入れた私と、瞳に昼蛍の光を宿したあなた。二人が独自の通信方法を編み出したのは、当然の成り行きだったのでしょう。いつだったか、日本で初めての五つ子が誕生した時、知能の発達に問題は見られないものの、言葉を喋りはじめるのが平均より遅い、という報告がなされたのを思い出します。大人と一対一で接するより、五人一緒にいる時間の方が圧倒的に長く、言葉以外のコミュニケーションが成立していたのです。

言葉を知らない五人の赤ん坊が、どんなふうにして彼らの間だけで通じるやり取りをしていたのか、想像すると自然に笑みが浮かんできます。舌を出し入れする、太ももを叩く、手の甲に吸いつく、ガラガラを振り回す、相手のおでこにかぶりつく、よだれを泡にして破裂させる……。ああ、本当はもっと斬新で神秘的なやり方がいくつもあるはずですが、一度言葉を獲得してしまった私には、こんな貧相なアイデアしか思い浮かびません。

彼らが〝話して〟いるそばに行って、耳を澄ませることができたら、どんなに素晴らしいか。そこから聞こえてくるのは、音とも声ともつかない微かな空気の震えのようなものです。油断するとすぐ遠のいてゆきます。言葉を持たない生きものだった頃の果てしない時間を、通り抜けてくるからでしょう。強《し》いて似ているものを挙げるとすれば、蝙蝠《こうもり》の超音波、蝶の羽ばたき、象の足音、雨上がりの朝開く茸、舞い落ちる落ち葉……。やはり、言葉以前の何かが発する気配ばかりです。五人の赤ん坊たちがいるのは、無言の饒舌《じょうぜつ》に満ちた、ミルクの匂いのする森です。

彼らは本当は言葉など覚えたくなかったのではないかと思います。わざわざそんなものを知らなくても、彼らにとって何の不都合もありません。苔に覆われた柔らかい地面の上で、五人は一続きの輪になっています。その輪の中で揺れる木漏れ日を目でなぞったり、横切ってゆく影にはっとしたり、頭上で渦を巻くあらゆる音に耳を澄ましたりしながら、身を寄せ合っています。自分たちの描く輪だけで、十分心地がいいはずです。

　けれどいつかはその平和な森を出て行く時がやって来ます。身を守ってくれる木陰と別れ、五人それぞれが、荒涼としたサバンナに一人立つ時です。孤独に耐えきれず、幻でしかないと心のどこかで疑いを持ちつつも、一個一個、言葉の小石を拾ってゆくことになります。

　その時は、あらかじめ計画されたプログラムに則《のっと》って、粛然と訪れるのでしょうか。あるいは案外、間の抜けた偶然をきっかけにして、呆気《あっけ》なく起こるものなのでしょうか。例えば、水辺で上を見上げ、地上に興味を抱いていた一匹のへそ曲がりの魚が、ある日ふと、鰭《ひれ》を水面から出して地面にぺたりとくっつけてみた。それが両生類の前脚に進化した、というような偶然です。五人の中にもきっといたに違いありません。愛嬌たっぷりで、物怖《お》じしない、考えるより先に体が動いてしまうタイプの子が。

　その子が最初に、これまで耳にしていたのとは明らかに異なるリズムや抑揚や流れを持った、奇妙な音に気づきます。注意を向けるよう、他の四人を促します。それが何なのか、彼らには見当もつきません。分かるのはただ、自分たちの知らないどこか遠い場所から響いてくるようだ、ということだけです。象の足音のように優しく、蝶の羽ばたきのように思慮深くもありますが、同時にどこか危うい企みの気配も漂い、だからこそ尚更彼らを引き寄せます。

最初の子が輪をはみ出します。ついさっきまで綺麗に閉じていた輪が一息に解けます。彼らは一列になり、何のためらいも見せず、ひたすら音のする方へ向かって行きます。次第に苔がまばらになり、木漏れ日が明るさを増し、空がどんどん広くなってゆくのにも気づきません。ようやく歩き疲れて立ち止まった時には、象の足音も蝶の羽ばたきも、ミルクの匂いもかすみ、既に手遅れです。振り返っても、帰り道は藪の奥に紛れて見えません。懐かしいものたちを全部森に残し、あとは前へ進むばかりです。自分たちを導くその音が、言葉というものだと気づくまで、そう長くはかからないでしょう。

私は今、五つ子たちが輪を描いていたあの森に戻りました。まぶたを閉じ続けていたら、見失ったと思っていた帰り道の入口にたどり着けました。愚かにも私は最初、まぶたの下で眼球が前向きに固定されるよう、わずかに残った力を振り絞っていました。眼球を動かしている六本の筋肉も、病の法則に従えばやがて言うことを聞かなくなり、最悪、瞳が裏側に回ったまま固まってしまったら、たとえヘルパーさんがまぶたを開けてくれても、何も見えなくなると思ったからです。しかし無用の心配でした。

新たな世界を見るための目を獲得しようとしている人間が、それと入れ替わりに失われてゆく世界を、惜《お》しむ必要はありません。両方は共存できないからこそ、見る意味があるのです。

　私はもう、ポケットに詰まっていた小石を全部投げ捨てました。柔らかい苔の上に身を横たえていると、懐かしいざわめきが聞こえてきます。いつの間にか、言葉を知る以前の自分に返っています。

　ただ、どうしても一人きりでは心細かったのです。こうして手紙をやり取りしている間の、幻のようなひとときだけで構わない、誰かにそばにいてもらいたいと願うのは身勝手だろうか、と何度も自問しました。何度問い直しても思い浮かぶのは、あなたより他にいませんでした。

　五つ子が誕生してしばらくの間、新聞に毎日、彼らの体重と身長が載っていました。朝、一番にそれを見るのが、当時の秘密の楽しみでした。別に彼らとは何の関わりもありません。赤の他人です。特別多胎児に興味を持っていたわけでも、産婦人科医になりたかったわけでもないのに、なぜか抗いがたい力で、その欄に引き寄せられたのです。

文章も写真もない、ただ名前と数字が記載されているだけの小さな記事でした。五人の内訳は、男の子、女の子、男の子、女の子、女の子でした。極小の未熟児で生まれた彼らですから、体重も身長も平均に比べれば小さいのは当たり前です。また、五つ子に限らずどんな赤ん坊でも、誕生直後は汗や排泄によって幾日か、体重が減少します。その数日は気が気ではありませんでした。小さい数字が更に減ってゆく心細さで、朝ごはんが喉を通らないほどでした。それでも無事、生理的な減少を乗り越えたあとは、毎日、0.1g、0.1㎜であっても必ず、数字は増えてゆきました。少しずつ、少しずつ、昨日より今日、今日より明日と、成長するのです。その事実が、私の心を震わせました。

最も大きく生まれた長男がやはり、しっかりした数字を叩き出しているのに比べ、一番後からこの世に出てきた末っ子は少々不利でした。お腹の中で、窮屈な思いをさせられても文句も言わず、我慢していたに違いありません。彼女の数字ののびには、他の四人にはない粘り強さがあります。あるいは、自由気ままな成長曲線を描く子もいます。大地に根を張るように、どっしりとしたのびを見せる子もいます。

中でも私が特に気に掛けたのは、下から二番めの女の子です。実は彼女は誕生直後、危険な容体に陥り、急遽駆け付けた新生児の専門医の働きがなければ、もしかすると、というところまで追い詰められていたのです。

「がんばれ」

社会面の片隅を見つめながら、私はつぶやきます。あの時ほど、このありふれた言葉を素直に口に出したことはありません。

「よし、よし、その調子」

新聞を家の中まで持って入る間さえ惜しく、玄関先に立ったまま新聞を広げます。

「いい子だねえ」

下から二番めの数字には特別の言葉を掛けます。

「あなたがよくがんばってくれたおかげで、無事、五つ子になれたよ」

どんなに小さな赤ん坊にでもきっとあるだろう、足首の輪っかや、手の甲にできるえくぼや、まだ十分に定着していないじゅくじゅくしたおへそや、掌にたまる糸くずや、よだれで光る唇を、私は思い浮かべます。身近に赤ん坊を見たことはないはずなのに、どうしてありありとよみがえらせることができるのか、不思議でなりません。そうしている間にも、彼らの姿は鮮明になるばかりです。両腕をのばせば、抱っこできるのではないか、とさえ思えるほどです。

「本当によかった。もうちょっとで四つ子になるところだった」

私はまだ、ほんの小さな少女でした。もしかしたら足の裏には、森の苔を踏んでいた頃の感触が残っていたかもしれません。五つ子の描く輪が懐かしくてたまらなかったのでしょう。輪を描くのに、四つでは足りません。どうしても五つ必要です。だからこそ、ひたすらに祈っていました。

少女は誰でも、未来より、自分が生まれる以前の記憶の方に、ずっと親しみを覚えるものです。いつか自分だって赤ん坊が産める体になるのだ、などとは思いもしません。将来、どんな人を愛するようになるのかも、全然知らず、それで平気なのです。

山の牧場へ馬を見に行った日、ホテルで語った百葉箱の中で暮らす老人の話はきれいさっぱり忘れてしまったのですが、人造湖でボートに乗ったのは覚えています。夏休みの只中で、乗り場には行列ができ、オール同士がぶつからないようにするだけでも一苦労、といった状態でした。それでもめげずに、制限時間一杯、漕ぎ続けました。目の前にボートがある限り、必ず乗る。多少雨が降っていようと、たとえお葬式の帰りで喪服姿であろうと、例外はありません。これが私たちの主義でした。

友人の別荘の庭にある、小さな沼に浮かんでいた一艘だけのボート。通りすがりの公園の貸しボート。渓流下り、遊園地、渡し舟等々、旅先で出会ったボート。レガッタ会場で知り合いに特別に乗せてもらった審判艇……。あなたと一緒に乗ったボートのことは全部覚えています。宇宙素粒子観測装置のタンクで乗った最初のボートから、最後の……（最後の時については、今思い出すのは少し悲しいので、ここで書くのはやめておきます）。とにかく全部です。そのうち、最初のタンクは別格として、また違う意味で忘れがたいのは、指揮者Ｋが来日し、オペラ『ばらの騎士』を振った公演の千穐楽《せんしゅうらく》、ホールの近くの池で乗ったボートでしょう。私の意見にあなたも決して反対しないはずです。

　私たちがあの公演をどれほど観たいと切望したか。しかし、異常な人気を呼び、売り出されて数分で完売してしまったチケットを、コネもお金もない私たちが手に入れる方法はありませんでした。気難しく、キャンセルも多いＫは、高齢になって体調の心配もあり、来日するのはこれが最後だろうと言われていました。当日、会場のすぐそばまで行ったのは、せめてＫの近くにいたい、音楽が聴こえる幻覚を味わいたい、と願う熱い思いからというよりは、むしろ切なさが募るような気持ちを持て余してのことでした。何となくふらふらと家を出て、お互い相談もないままに、気づいたら池のボートに揺られていました。

　すぐそこに見えるほど近くのホールで、今まさにＫが指揮棒を振り上げようとしているのに、そんなことにはお構いなく、池には暢気《のんき》な雰囲気が漂っていました。カラフルなスワンボートが何艘も浮かび、家族連れやカップルたちの笑い声が響く中、私たちは黙って手漕ぎのボートを進めるばかりです。近くで見るとスワンたちは皆、黒々した大きな目と、長い睫毛を持っていました。気前よく、頭や背中でユリカモメを休ませてやっているのもいます。時折、動物園の方角から水鳥たちが群れになって現れ、飛沫《しぶき》を上げながら水面に舞い降りてきます。水草の陰には、カメの姿も見え隠れしています。少しずつ風が吹きはじめ、冷え込んできた夕暮れ時でした。

雷に打たれたのか、あるいは寿命なのか、池を取り囲む桜の木に紛れた一本のブナが、水面に倒れ掛かっているところに、一艘、不可解な動きをするボートがありました。最初に気づいたのは私です。ちょうど池の縁が緩やかに蛇行し、窪みができているあたりでした。

「あそこ」

私が指差すと、あなたはボートを方向転換させました。縁が近づくにつれ、風の音が心なしか弱まり、水の色が深みを増してゆくようでした。

ボートは舳先が岩と倒木の幹の隙間に挟まって、微妙に傾き、更に片方のオールが水中で絡まる枝の間に引っ掛かっています。漕ぎ手は、オールを引き抜こうと悪戦苦闘しているところです。乗っているのは、初老の女性一人でした。ひどく痩せて、皺の多い貧相な顔立ちをした、小さな人です。かなり往生していた様子で、掌は赤らみ、額には汗が滲んでいます。

「お困りですか」

そう声を掛けるとあなたは、絶妙なオールさばきでボートを寄せ、慎重に乗り移りました。

「ええ……どうも、全く……何でまた、こんな……すみません……」

女性はうつむいて口をもごもごさせるばかりです。

私は二艘が離れ離れにならないよう、ボートの縁をつかんで成り行きを見守りながら、それにしても、と思いました。力もない、技術もない歳を取った女の人が、しかも一人で、なぜボートに乗っているのだろうか。自分たちがそこにいる理由だって人には上手く説明できないのに、そんなことは棚に上げ、無遠慮に彼女をじろじろ眺めました。

長すぎる黒いワンピースの裾を持ち上げたり、袖口をいじったり、オールを固定する金具をガチャガチャさせたり、彼女が落ち着きなく動くせいで、ボートはギシギシ軋みます。あなたの足元が揺らぐのではと気が気ではありません。助っ人が現れてほっとした、というよりむしろ、おどおどしているように見えます。できれば誰にも見られたくなかったこの事態について、どう取り繕ったらいいか、懸命に策を巡らせている。そういう感じです。

けれどあなたは何にも気づいていません。ひたすら善意で、困っている人を助けようとしているだけです。折れた枝や枯葉の塊やゴミが思いのほか根深く絡まり合っている茂みから、オールを引き抜き、岩を押して舳先を出そうと一生懸命です。ボートが傾くたび、女性を気遣って、大丈夫ですか、という視線を送ります。改めてよく見れば、半分斜面の泥に埋まり、半分水面の波に洗われているブナの幹は、皮がすっかり剝がれ落ち、樹木だとは思えないくらい真っ白になっています。澱《よど》んだ水の中に沈む、骨と見間違えるほどです。

彼女はあなたの足元にしゃがみ込み、背中を丸めて体をもう一回り小さく縮め、目をきょろきょろさせています。顎は尖り、首元は乾燥して粉を吹き、服の上からでも背骨の一個一個が浮き上がって見えています。まるで彼女自身が、池の澱みから引き揚げられた骨のようです。遠くに見える目のぱっちりしたスワンボートたちは、一艘たりとも近寄ってくる気配はありません。

「はい、これでもう心配ありません」

気づくとボートは無事、救出されていました。

「もしよかったら、僕が漕いでお送りしましょうか」

あなたの振る舞いはあくまでも紳士的です。

「いいえ、とんでもない」

慌てて彼女は拒否しました。初めて、はっきりと声が聞き取れました。自分の声に思わずどぎまぎするかのように、目を伏せ、金具を鳴らしました。これ以上、私たちにできることはありません。

「では、お気をつけて」

あなたは池の中央へ向けて再びオールを漕ぎ出しました。その時です。彼女がポケットから紙切れを一枚取り出し、私の手に無理矢理押し付けたのは。

「ほんの、お礼の気持ちで……もし、よければ……こんなことしかできないので……」

再びもぞもぞした喋り方に戻っていました。何を言っているのか半分も分かりませんが、彼女なりにお礼の気持ちを表そうとしているのは伝わってきました。最初、それをお金だと思った私は、すぐに返そうとしました。ところがオールを握った彼女は、弱々しい雰囲気とは裏腹の素早さでそれを翻すと、舳先を方向転換させ、呼び止める間もなく遠ざかってゆきます。か細い腕からは想像もできない力強さで、オールは水を掻きます。回転するオールの先端が、水面に左右対称の美しい波紋を描いてゆきます。私たちはその軌跡にただ見とれるばかりでした。

自分の手にあるものがお金ではなく、『ばらの騎士』のチケットだと気づいたのは、彼女のボートがスワンボートの間に紛れて消えたあとでした。私たちは一つ、ため息をつき、念のためにそれが本物かどうか、沈みかけた日の光にかざしてみましたが、もちろん見分ける方法を知っていたわけでも、彼女を疑っていたわけでもありません。自分たちの身に起きた奇妙な偶然を受けとめるのに、多少の時間が必要だったのです。

しかし、猶予はあまりありませんでした。開演時間が迫っていました。その時、本物か偽物か、あの老女は何者か、そんな疑問よりもっと大事な問題があることに私たちは気づきます。チケットは一枚しかなかったのです。

私たちはじゃんけんをすることにしました。最も平等な方法です。思いがけず舞い込んだ偶然を楽しむよう、微笑みながら、お互いの片手を、そっと差し出しました。いつしか自然な波にボートは流され、ブナの倒木は桜並木に隠れて見えなくなっていました。ボートは静かに揺れ、オールの先から水滴がしたたり落ちていました。

じゃんけんの結果は、あなたもご存じの通りです。皆が案じていたように、やはりその日が、Kが日本で指揮した最後になりました。

彼女が誰だったのか、もちろん今でも分かりません。ただ、貯水タンクの底に、ほんの一瞬、黒い影がよぎった、というあなたの手紙を読んで、その影が彼女だったのではないか、との思いにとらわれています。あなたはそれを、実体のない、ぼくらの想念、と表現していますが、たとえそうであったとしても、矛盾はしません。彼女は池のボート乗り場から漕ぎ出し、たまたまあそこへはまり込んで困っていたのではなく、宇宙線研究所の、超純水に満たされた円柱形タンクの底を潜り抜け、長い地下茎を通って私たちの前に姿を現したのではないか。ちょうどブナの倒木の下に、地下と地上、此岸と彼岸をつなぐ、隠れた通路の入口があったのだ。そんな気がします。その入口はたぶん、五つ子たちが輪を描いていた森にも、通じているはずです。

ボートに乗っていたのはあなたと私、二人だと分かっていながら、彼女が差し出したチケットは一枚きりでした。私たち二人に、一人しか入場できないチケットを手渡すため、彼女は現れたのです。私たちをこちらとあちら、一人と一人に、引き離すために。

そうとも知らず、私たちがやったじゃんけんの、何と無邪気だったことでしょうか。

チェレンコフ光を検出するため、タンクの内側にびっしり設置された光電子増倍管はすべて、腕のいいガラス職人が一本一本吹いて作ったものだと、研究所の人が教えてくれたのを覚えていますか。しかも、直径約五十センチにも及ぶ大きなガラス管を吹くことができる職人は、ほんの数人しかいない、という話でした。

もちろんニュートリノを観察し、宇宙の謎を解き明かす人々は尊敬に値します。しかし、巨大なガラス管を一万本以上、自らの息で作る人々もまた偉大です。あの時私たちはタンクの中で、見ず知らずの誰かの息に包まれていたことになります。機械的な装置にもかかわらず、冷淡な感じがしなかったのは、人間の体温が滲み出ていたからに違いありません。

施設最大の事故は、ある日、光電子増倍管の交換中に底面の一本が割れたことから起こりました。衝撃波による連鎖反応で、八千本近い管が割れてしまったのです。

ボートの上であなたとしたじゃんけんを思い出していたら、事故の瞬間、タンク内に響いただろう音のことが胸に浮かんできました。もちろん直接耳にしたわけではありませんが、幾度となく想像しているうち、今ではもうすっかり鼓膜に定着し、本当に聞いたのと変わらない状態になっているのです。

美しい音楽です。美しくないはずがありません。次々と解き放たれる息は互いに共鳴し、和音となり、旋律を生み出します。純粋な水と透明なガラスと光が震えます。響きは私たちを包み、宇宙へとつながってゆきます。他の何ものも奏でることのできない、唯一のオペラです。

この事故を経て、たとえ一本が割れても周りに波及しないよう、光電子増倍管はアクリルと繊維強化プラスチックでできた、衝撃波防止ケースに入れられることになりました。私たちのオペラは元鉱山の地下で、大事に守られていますから、心配ありません。

「それでおしまい？」

この口癖が、あなたの話のあやふやな終わり方に対する不満の表れではない事実を、はっきりさせておきましょう。手紙にも繰り返し書いてきたとおり、私にとって閉じることは何よりの安堵です。あやふやであろうと厳密であろうと、面白かろうと退屈だろうと、とにかく閉じているとはっきり分かりさえすれば、それで何の問題もありません。ですから、「それでおしまい？」の一言は、私にとってのピンキング鋏なのです。世界を切り取って一枚の切手に閉じ込めるための、あの鋏です。

五つ子は五人そろって一つの輪に閉じています。光電子増倍管は強固なケースに閉じ込められました。さあ、これで大丈夫。

今回の手紙はこのあたりでおしまいにしましょう。

虹が出ていますよと、ヘルパーさんが教えてくれた夕べに

追伸

パブロフの犬たちが、実験のあと、頬の穴を塞いでもらえたと、本気で思ってい

るのですか？　お人好しにもほどがあります。犬に魂などないと言い放つ博士が、実験で弱った犬を、わざわざ手間をかけて手当てするはずがありません。歯科医院の待合室で少女がいつも盗み見ていた実験室の博士は、そんな男ではなかったと、ここに断言しておきます。

八通目

手紙をありがとう。薄い茶系の色で塗られた貨物船の切手を添えてくれたこと、心遣いに感謝します。架空の海運業者ではなく、某国の郵便客船のように見えますね。時代はおそらく一九一〇年代半ばでしょう。同種の船の絵はがきが何枚か手もとにあるので、まちがいないだろうと思います。これはまた、湖畔の家の、きみの背丈にちょうどいい、少し低めのライティング・ビューローの引き出しから取りだしてくれたものでしょうか。編み物や読書をしていないときは、切手や古い雑誌の切り抜きの入っているその引き出しを開けて、コラージュを楽しんでいましたね。なにをどう並べ、どう扱うか、まったくの自由ではあるけれど、素材はすでに他者が用意してくれたものの一部だという拘束のなかに、自分で描くのとはちがう対話の魅力があるのだと、たしかそんなことをよく話していました。

　ぼくが小型船舶操縦士の試験に合格した日、きみはお祝いに、特別気に入っているというコラージュをプレゼントしてくれました。不思議なモチーフでした。風を大きく孕《はら》んだ帆船が、小高い丘の上で朽ち果てつつある斜塔をかすめるように飛んでいます。その上空から、いかにも頼りなさそうな縄ばしごが下りていて、いちばん下に漁で使う青っぽいガラスの浮き球のかけらが星屑のようについていました。ぼくの得た資格は、五トン未満の小さな船を平水区域と五海里以内の沿岸地区しか動かせない、当時の区分で最も下に属するものにすぎませんでしたが、そのコラージュを見ていると、なんだか航空機まで操縦できそうな気になったものです。空と海がまじりあうあの世界は、きみのまぶたの裏にまだひろがっているでしょうか。手紙を読んだあと、ふいに思いついて、デッサン用のフォリオに挟んで大切に保管しておいたその作品を額装に出しました。できあがったら、また言葉で描写し直して伝えたいと思います。

　それにしても、あなたはお人好しに過ぎる、人の善《よ》いところしか見ていないという、笑みを少し抑え気味にしたいつもの忠告を、ありがたく受けとめました。何度おなじことを指摘されたでしょう。そのたびにぼくたちはお決まりの問答を繰り返しました。善でないものが悪であるとはかぎりません。どちらにも属さない、もやもやした状態に留まろうとする意志を支える言葉は、世の中にたくさんあります。ぼくはむかしから、まずその不定形の、中間的な気象を身体に受け入れ、第一感ではっきり輪郭のとらえられたわかりやすい部分を、むしろ善からぬものと考えて、心のなかでそっと燃やしてきました。押しつけられたわかりやすさ、と言い換えたほうがいいでしょうか、そういうものに対する怒りと憤りをいったん鎮め、悲しみの膜をそっと指先ですくい取り、ほんとうの喜びはべつの場所に据え置くのです。要する時間は、状況や内容によってさまざまです。一瞬で済む場合もあれば、何日も、何週間も抱えて過ごすこともあります。それをうまくやり過ごしたあとぼくに残るのは、正と負にわけられない、より純度の高い曖昧さになります。善からぬものも当然ふくまれているのですが、経験的に、それも善さを生かすぎりぎりの分量に抑えてあるのです。選んだ領域をはみ出すものがつねにあって、ぼくはそれも大事にしてきたつもりです。ただし、表にはそれを出さないので、傍目《はため》にはいつも正の方に傾いたふるまいになるのです。

　こうした気持ちの排出の定量化は、しばしば誤解を招く原因となりました。表向き冷静に見えるということに、奇妙な反感を示す人が少なくないのです。内側の爆裂の過程はだれにも理解してもらえないものだと、ながらく諦めて生きてきました。ぼくの内景をあっさり見抜いて受け入れてくれたのは、きみだけです。最初はひどく当惑しました。なぜこんなふうに理解してもらえるのだろうと。共に過ごすうち、納得できるようになりました。つまり、きみもまた、ぼくとおなじことを、べつの次元で行っている人だったのです。きみの明視は、善を侵食する側に対してより鋭敏に発揮されていました。一方をすべて切り取るように消し去るのは不可能です。善き部分であれ、そうでない部分であれ、どちらかを消せばもう一方もいくらかは削ぎ落とされる。自分も削られるのです。倫理的である以上に生理的なその仕組みを、水晶玉の透明度で見通してくれたのはきみだけでした。

ぼくたちが人としての安定を見出しうるのは、足裏に接する大地ではありません。揺れ動く水の上か、その揺れを持続できる環境においてのみです。実際、ふたりの共有する思い出に足場のしっかりしたところは、あまり多くないはずです。もちろん、共に歩いたあちこちの風景や、接した肩のあいだを抜けて行った風の感触と、風の抜けたあとの気の変化は、身体がはっきり覚えています。しかし、そういう慈しむべき記憶をしのぐのが、「目の前にボートがある限り、必ず乗る」という不文律に従ったときの思い出なのです。きみはそれを全部覚えていると書いてくれました。ぼくもそうです。地に足のつかない場所で、ふたりは言葉を交わしあってきたのです。

ボートと言えば、ジャン・ルノワールの映画が思い出されます。郊外の河岸の、覆いかぶさるようなしだれ柳が頬に触れ、会話を邪魔しない程度の瀬音のなかで水面がきらめいています。そのあとに待ち受ける少し淫靡《いんび》な匂いをたどっていけば川船はべつの意味で揺れ動き、安定性を欠いたかもしれませんが、ぼくたちのボートは、いわゆる船遊びと呼ばれるものとは根本的に異なる体験だったように思うのです。言葉を交わし、言葉を飲み込み、それをまた戻したり戻さなかったりする、愉しさと緊張感の相半ばする空間で、たがいの磁極が入れ替わる感覚にしばしば襲われました。ぼくたちはなんの違和感もなく、かつては北であったはずの南に向けて、また、南であったはずの北に向けて進んでいきました。ふたりのあいだに対極という言葉は存在しません。おなじ方角を目指しているうちに、地軸と極性がいつのまにか変わっていただけです。たぶん、そのような現象の起こる場所が水の上であり、水の下であり、水底なのでしょう。それはまた、通底器としてもはたらく細い闇の径《みち》なのです。

　そして、不忍池のボート。あれこそは、燃焼しきれなかった「余り」のあらわれなのかもしれません。潜水用のプールと宇宙素粒子観測装置のタンクの底が通じているように、あの池も時空のよじれが生じる場だったのでしょう。黒い想念をたしかに感知してそれを隠し持った心のバーナーで焼いてから、きみの指が指し示した女性の姿を追い、気がつくとすぐ近くまでボートを寄せていました。きみの眼は確かです。手紙を読んで、あの日の、あのときの空気がまざまざとよみがえってきました。「ひどく痩せて、皺の多い貧相な顔立ちをした、小さな人」。ボートを寄せた瞬間に、もうこれだけの情報を得ているのです。ぼくにはその小さな人の年齢も、貧相という言葉に収まる顔つきも視野に入っていませんでした。彼女の手の先にある水のなかで、オールに絡まっている障害物の正体を見きわめようとしていたからです。どちらにどのくらいの力で引っ張ったらいいのか、乗り移ったボートの揺れと、それを支えてくれているきみの腕と、ぼくたちのボートの状態を三つ同時に気にかけながら、皮が剝がれて白骨のようになったブナの枝の魔法が腕に伝わって、彼女自身をも白骨化していくという刹那の妄想を打ち消そうとしていました。

たぶんきみもそれを見ていたのでしょう。彼女がなにかを必死で食い止めようとしていることに、気づいていたわけですからね。水中に沈んでいる人の骨に似た影を、しっかり見届けていたはずです。当初、ぼくは彼女がなにか大事なものを落としたのではないかと考えていました。黒っぽい財布のような物体が見えたからです。いま思えば、そこにぼくたちが手にしたチケットの片割れが入っていたのではないかという気がします。本来ペアをなしていたものの一方だけを他人に譲るのは、好ましいことではありません。別れの身振りと同時に、与える者の過去も手渡すことになるからです。

でもあのとき、じゃんけんをしたのでしょうか。きみの脳裡に浮かびあがった幻ではなく、実際にあったことなのでしょうか。小さな人のオールをなんとか抜いたところまでは鮮明に思い出せるのですが、まがりなりにも善意の化身になっていたぼくが、一枚しかないチケットをすんなりきみに譲らないわけがない。そう思っていたのです。だから、そのときの映像を頭のなかではっきり再生できるようになるまでに、ずいぶん時間がかかりました。じゃんけんに勝ったのはぼくです。勝った瞬間、無邪気なふるまいに出たことを深く反省しました。なにしろ、きみは拳《こぶし》しか出さない人です。ぼくは紙しか出しません。結果はわかりきっていたはずです。どうしてあなたはてのひらをひろげるだけなの、ときみは笑いながら言ったものでした。じゃあ、どうしてきみはげんこつを握るだけなのかと、こちらも返していましたね。パーは白い紙です。色や模様の入った包装紙でも新聞紙でも油紙でもない、まっさらな、そこから皺がよって破れることになる紙です。包むから、破れる。固くないから、包むことができる。一度包み込めれば、鋏で切り刻まれてもいい。わたしがグーを出すのは、ときみは応じました。閉ざせるから。開かない意志を見せられるから。そして、鋏が嫌いだから。一枚しかないチケットを思いがけず手にしての行動に、それ以外の解釈はないはずです。つまり、きみは瞬間的に、それをぼくに渡すための行動に出たということです。『ばらの騎士』でなかったら、そうはならなかったでしょうか。Kの指揮でなければ、あんなふうに、善を取りのけた余りの気持ちでじゃんけんなどしなかったでしょうか。

　とにかく急いで、ときみは言いました。わたしのことはいいから、間にあうように走って。でも、そこで別れて、きみはどこに行くつもりだったのでしょう。オクタヴィアンのように姿を変えて、ぼくの行き先にあらわれるつもりだったのでしょうか。『ばらの騎士』の話になると、ふたりのあいだでKが分裂しましたね。父親の幻影におびえているKと、自分自身にしかおびえたことのない、もうひとりのK。湖畔の、灯りを落とすまでもなく闇を抱えている、もうひとりのぼくを迎え入れてくれていたあの部屋で、いっしょに聴いていたのは、後者のKが残してくれた音源でした。二十世紀の作品であるにもかかわらず十八世紀の香りがするような、どこまでも滑稽で、迫り来る終わりの始まりをつよく意識させる演奏を聴きながら、ここがいい、あそこがすてきだと感想を述べあって最後にいつもたどりつくのは、作曲家と台本作家の共同作業についてでした。両者の意見が完全に一致することはありえません。善のみになることも、悪のみになることもありえません。そこには言葉と音楽の衝突があり、どちらにも燃やしきれなかった影がうごめいているのです。

台本を担当した詩人ホフマンスタールは、音楽をつけることが決まっていても、それをあてにしないで書くと述べていました。曲に乗せやすく、物語の進展に奉仕するだけの言葉は選ばない。音楽に頼りすぎると、人物の造型まで作曲家にまかせてしまうことになる。『ばらの騎士』は作曲家と詩人がはじめて本格的に共同作業をした作品でした。しかし歌劇という呼称にはならなかったのです。南北の極の均衡をとるためにでしょう、彼らの作品は「音楽のための喜劇」として世に出ました。詩人はある日とつぜん、この滑稽劇の想を得たと手紙に書いています。舞台はマリア・テレジア時代のウィーン。そこにモリエールのような輪郭のはっきりした人物の型を採用した、見晴らしのいい喜劇をつくること。ふたりは幾度もやりとりを重ねて、一九一一年、わずか一年半ほどで初演にこぎつけるのですが（こぎつける、という動詞がすでにボートの揺れを暗示していますね）、これが大成功を収めて、作曲家は不動の地位を確立しました。しかし、詩人のほうはどうやらその音楽を全的に評価してはいなかったようなのです。彼は、作曲家がワグナー風の音の使い方をする箇所に、少なからず不満を抱いていました。

詩人は一八七四年、ウィーンに生まれました。もとはチェコのユダヤ系の出なのですが、祖父と父がそれぞれイタリア人、ドイツ人の女性と結婚したため、三種類の血が混じっています。亡くなったのは一九二九年。二日前に自殺した息子の葬儀を準備しているとき、卒中で倒れたのです。急逝でした。もっとも、あと数年生き延びていたとしたら、明らかに善ではない列車で、引き込み線のある建物に送られたかもしれません。彼らの最後の仕事になる『アラベラ』が初演されたのは、三三年七月。詩人の没後四年が経っていました。この年がなにを意味するのか、指摘するまでもないでしょう。世界を構成する言語のひとつでありながら、それじたいを破壊し無効にする黒い影を撒き散らした魯鈍《ろどん》な男が総統なるものとして政権を掌握した年になります。

初演の指揮者に決定していた人物と演出家は、この男が率いる政党に異を唱えて亡命してしまいます。一方、作曲家は国内に留まり、代役を立てて乗り切りました。『ばらの騎士』を愉しんでいるあいだ、この年の作曲家の、後世から見ればいかにも隙が多く脇のあまい動きについて、具体的な言葉を交わすことはありませんでした。簡略な年表をひもとくだけで、小さな溜息が出てきます。Bフィルの指揮を降板したWの代役を務めた作曲家は、翌月には当時スイスに亡命していた作家が呼びかけた、ワグナーの政治利用に反対する声明に異を唱えるという複雑な声明に署名し、さらに『パルジファル』の指揮を拒んだTの穴を埋め、帝国音楽院の初代総裁に就任したりしたのですから。擁護にまわる証言もありますが、それでも燃やしきれない負の部分は残ります。

船のエンジンを調整してくれる工房の人に製作してもらった管球式のアンプで、ときどき『四つの最後の歌』を聴きましたね。戦争協力の責任を問う裁判が終わったあとに書かれた、すばらしい作品です。そのアンプで再生した音を聴いたきみのやわらかな表情が、いまも忘れられません。タイプライターの音に疲れた耳を、ノイズにはならない豊かな雑味のまじった音で癒やしていたのでしょう。そのときぼくは、先のコラージュのための切り抜きが入っている引き出しの隣に置かれていた『アンネの日記』の背表紙を見て、複雑な想いにとらわれていました。『ばらの騎士』は、その想いを外に出さずに済む、最も語りやすい題材でもあったのです。ばらの騎士とは、婚約の申し込みをするための使者のこと。劇中でそれを務めるオクタヴィアンは、愛人である元帥夫人との密会中、彼女の気転で変装し、小間使いになりすまします。『フィガロの結婚』のケルビーノのように、両性具有的な美しさを備えた中間的な存在なのです。不忍池にあらわれた皺の多い貧相な顔立ちの女性は、彼らの変装の一例かもしれません。だからこそ、きみの観察どおり、結びつけるのではなく引き裂くための使いとしての顔を隠そうとしていたのでしょう。じゃんけんの結果を待つまでもなく、おびき出されるとしたら、それは男の務めになるわけです。

　急いで、走って、という言葉に従いながら、せめて会場の入口まではついてきてくれるのではないかとぼくは密かに期待していました。情けないことです。何日も机に向かって、いつになったら完成するのか見当もつかない叙事詩をいじりまわしたあげく、ボート上の奮闘劇ですっかり萎えていた脚のせいで上半身と下半身がばらばらになり、なかなか前に進むことができませんでした。走っても走っても脚が空まわりするのです。地上ですら足が着かないのかと自分に呆れながら、ようやくたどりついた会館のロビーは、高揚した人々であふれていました。あらためてチケットを確かめ、最も高価な座席であることが信じられないまま、それを受付に見せました。ところが、いったん通り過ぎたぼくの背後から、背広姿の係員が追いかけてきたのです。大変失礼ですが、もう一度そのチケットを確認させていただけませんか。素直に手渡すと、しばらくお待ちくださいと言って彼はロビーからどこかに電話をかけ、芳名帳のようなものをめくりながら、真剣な面持ちで話をはじめました。そのあいだ、ぼくは入口近くに戻って、きみの姿を探していました。どこかに隠れて、こちらを見ているのではないかと期待しながら。話し終えた係員がまた近づいて来て、申し訳なさそうに言いました。お客様のチケットは、どうやら偽物のようです、この座席の方はすでに着席しておられるのですが、そちらは当方の関係者を通して渡された出所の確かなものでございまして……。小さな沈黙がありました。重複は、ありえないことなのです、どちらでお求めになりましたか。ぼくはありのままを話しました。お金を払ったわけではなく、ひょんなことで、つい先ほど見ず知らずの方から渡されたばかりなのだと。係員もさすがに首を傾げました。たしかに、満席になるのが明らかな公演で、偽のチケットが通用すると考えるなんてどうかしています。

あの紙切れは、もしかすると、ふたりに宛てられた、切手の貼られていない手紙だったのかもしれません。否応ない別れがやってくることを告げるための、時空を超えたただれかの策略だったのではないかと、いまはそんな妄想にとらわれています。しかたなく歩き出した公園内で、揺れ動くボートの、あの女性のあたふたしすぎる様子を反芻していました。彼女には、なにかやましいところがあったのでしょうか。なにかにおびえていたのでしょうか。それとも、『アラベラ』から十年ほどして声をあげた、政権批判と非暴力を訴える白ばらの学生たちと同趣旨のことを伝えに来たのでしょうか。

　ボートと言えば、もうひとつ話しておくべきことがあります。『アンネの日記』とも関わりのあることです。いつかの手紙でも触れたように、彼女の隠れ家の前には運河があって、ハウスボートが係留されていました。船頭の飼っている犬の吠え声が聞こえる、でも、尻尾がちらちら見えるだけで全体の姿はわからない。きみが懇切丁寧に、解説というよりなにかに憑依《ひょうい》されたような話を聞かせてくれるまで、あの少女が書き残した文章はぼくのなかであまり大きな位置を占めていませんでした。日記を友だちに見立てて語りかける方法、逃げるべきところを逃げずに隠れるというじゃんけんの拳を選んだ逆転の発想、閉じかつ閉ざすという一家の選択によって、彼女の思春期が一挙に濃度を増し、内圧を高めて、燃やしきれない嫌悪の破片をも言葉にしていったことを、ぼくはきみに教わったのです。それほど逼迫《ひっぱく》した空間にあっても、少女がなお勉学に励み、将来を見据えていた事実が、心を打ちました。はっとしたのは、一九四二年十月十四日の記述です。前日にフランス語の勉強をしたと彼女は記していますね。或る作品の一章を訳して、未知の単語をノートに書き出しています。その作品のタイトルが『ニヴェルネの美女』なのです。『アンネの日記』の邦訳には、

「ラ・ベル・ニヴェルネーズ」とルビが振られていますが、かつて紹介されていた邦題は、原典に付された「一艘の船とその乗組員の物語」という副題の意を汲んで『川船物語』となっていました。これはアルフォンス・ドーデーが一八八六年に息子のために書いた小説で、ぼくは邦訳の存在に気づかず、絵入りの古い原版で読んだことがあります。平明な文体で書かれているので、外国人が語学の勉強のために読むにはちょうどいいのです。

ドーデーの本を読んでいなかったら、ぼくはニヴェルネの美女がなんのことだか知らないまま、アンネの記録をやり過ごしていたでしょう。ニヴェルネは現在のニエーヴル県にあたる地方で、県都はヌヴェール。『ヒロシマ、わが愛』のヒロインの郷里ですが、ドーデーの本のタイトルは河川航行の船につけられた名前なのです。不忍池、ボート、『ばらの騎士』。それらがぐるぐるまわってアンネ・フランクの横顔を思い出させ、ニヴェルネの美女をよみがえらせました。ニヴェルネからヌヴェール、ドイツ兵との恋愛の記憶を抱えたフランス人女性とヒロシマの戦後を描いた映画にも連想は走ります。こんなふうにしてまた、ぼくの不安定な足場はより不安定になって、きみの編み糸の命綱なくしては言葉も発せられません。『ニヴェルネの美女』は、『家なき子』の系譜に入る一種の捨て子譚と言っていいでしょうか。飲んだくれの船長が、パリの古い街区で泣いていた四つになる身寄りのない男の子を、酒の勢いもあって引き取るところからはじまります。セーヌ河上流で仕入れた木材をパリで売りさばくためのこの船は、美女とは名ばかりの老船です。あちこちに浸水箇所があり、早急に修理しなければ沈みかねない状態でした。しかし、小さな娘をふたりも抱えて生活はかつかつ、とてもそんな余裕はありません。それなのに、お人好しを絵に描いたような、善意に善意という言葉さえ与えられないほど鈍いところのある船長は、またひとり家族を増やしてしまったのです。妻は反対しますが、その男の子が上の娘とすぐ仲よくなり、船長も酒を断ってまじめに働きだしたのを見て、家族として受け入れることにします。男の子は順調に成長し、仕事の手伝いもするようになりました。

　その様子を、船長の友人の、船大工をしている男がじっと眺めていました。森でひとり暮らしをしている変わり者ですが、船長に向かって、だしぬけに、男の子を譲ってほしい、生き別れた息子が生きていたらこのくらいの年になるからと、はじめて半生の秘密を打ち明けるのです。かつて船大工には愛する妻がいて、男の子にも恵まれました。生活に困っているわけでもありませんでした。ところが、彼には悪い癖があったのです。お金を貯めるのがなによりも好きで、子を産んだばかりの妻を乳母として働かせることにしたのです。子どもの面倒は自分がしっかり見る。母乳が出ているうちに稼げというわけです。妻はいまこの子から離れたくないと嫌がるのですが、彼は聞く耳を持ちませんでした。しかたなく、妻は赤ん坊を連れてパリに出かけます。

乳母になるには、自分の子の健康状態を診てもらわねばなりません。丈夫な子に育っているかを確認し、乳の出にも問題がないとわかったところで採用となるのです。自分の子は、お別れの乳を飲ませてから、「運び屋」に渡すことになっていました。乳母の子を家に連れ帰るという運転代行業のような周旋屋が当時いたのです。なかにはこうした母親たちをだまし、赤ん坊を人買いに売ってしまう悪人もいました。船大工の妻が子をあずけた女性は悪党の一味ではありませんでしたが、駅で別れて、そのまま行方知らずになりました。報せを聞いた妻は病に倒れ、亡くなってしまいます。船大工はその罪をあがなうために、孤独な暮らしを自身に強いていたのでした。ここまで言えば、先の展開の予想はつくでしょう。

告白すると、この小説で使われているような意味での「運び屋」という単語を、ぼくはドーデーの用例で学んだのでした。ある時期まで、運び屋たちは、ひとりではなく複数の赤ん坊を一度に引き受けることが多かったと言います。まとめて四、五人。まだ歩くこともできない、血のつながりすらない赤ん坊を籠に入れて移動するのです。どこに連れていかれるのか、母親にまた会えるのか、彼らは捨てられた仔犬のように身を寄せあい、言葉にならない言葉で励ましあいながら、馬車に、汽車に、あるいは船に揺られていたはずです。きみの手紙にあった五つ子とおなじように、容易なことでは大人たちに口をきくまいと、自分の意志で成長を遅らせようとしていたかもしれません。

それにしても、まさか五つ子の話が出てくるとは。ぼくたちの世代ならだれもが記憶にあるはずなのに、今日の今日まで思い出しもしませんでした。未熟児のなかでもさらに未熟児だった女の子の無事を祈っていたのは、きみだけではなかったでしょう。このぼくでさえ、並んで報じられていた排卵誘発剤という重々しい言葉の響きに怖れを抱きながら、五つ子が五つ子のままでいられることを祈っていました。しかし一方で、なぜそっとしておいてあげないのか、みな疲労困憊《こんぱい》のなかで戦っているはずなのに、なぜ余計に疲れさせるようなことをするのか、子どもながら疑問を感じてもいたのです。新聞やテレビの報道を理由に、寄ってたかって些細な情報を吸い取ろうとする連中は、むしろ子どもたちの状態を悪化させているのではないかと思わずにいられなかったのです。いまのぼくなら、一億人の運び屋が、この世界に誘い出されてきたあの子たちの、言語になる前の言語をつぶしていると言うでしょう。カルテと称される新聞の小さな囲み記事に列挙された名前と体重、飲んだ母乳の増減は、低気圧接近を告げる船舶気象通報の緊張感をもって、そこだけ紙面から妙に浮いていました。彼らにはまだ母乳を飲む力はありません。母乳は、鼻から胃にカテーテルで送り込まれていました。生理食塩水とブドウ糖の点滴注射もつづけられていたはずです。いま、あの一時期の過熱報道を振り返ると、深いプールの底に錘《おもり》もつけずに潜って、どこにも属していない出来事に手を伸ばしている気がしてきます。彼らのその後を、ぼくは知りません。国中が心配した命の行方は、安定的な推移とともに忘れられていきました。ぼくはそのあいだ、自分のなかにある良心ではない部分を、ただの好奇心に削られた黒塗りの箇所を言い当てられた気がして狼狽《ろうばい》すると同時に、やはりなにかがおかしいという違和感を捨てきれずにいました。

じつはこの違和感を、そのあと一度、より明確に意識したことがあります。五つ子たちの騒ぎが収まって十年ほどしたころ、元号が変わるかもしれないとの報道が流れました。それからずっと、終焉を迎えるまで、感情のない生物の観察記録のような数字が、「ご容体」として新聞に掲げられることになりました。体温、脈拍、血圧、呼吸数、そして輸血量と下血の有無。病床にある人を案ずるのは、自然なことです。しかし淡白きわまりない数字の羅列は、いったいなにを意味していたのでしょうか。なにを読み取れと言いたかったのでしょうか。いま、ぼくは奇妙な幻想にとらわれつつあります。あの囲み記事は、病床の人を見えない運び屋に渡して、本来いるべき場所に戻すための準備ではなかったか。澱んだ濠の水にボートを浮かべて、だれの手も届かない、閉ざされた「後ろの家」に運び込むための操作ではなかったか。病床にいた人は、あるいはその意を汲んだ周囲の者は、一九四〇年、皇紀二六〇〇年を祝うための楽曲を、総統閣下直属の部下を通じて『ばらの騎士』の作曲家に依頼しました。作曲家がそれに応えて多くの報酬を得たことは、忘れないでおきたい史実です。

なのに、彼の音楽のいくつかは、人の心を打つのです。ぼくたちがあれほど『ばらの騎士』を楽しみにしていたことだけでも、それははっきりしています。不忍池の底に沈んでいたブナの白い枝は、善も悪も動かせる指揮棒だったにちがいありません。逃げるように立ち去った女性の、それまでとは打って変わった豪快なオールさばきに描かれる航跡は、不穏な音楽のようでした。あのボートはどこに消えたのでしょうか。虚構と現実が、現在と過去が通じあう見えない穴に向かっていったのでしょうか。みずから描いた山水画のなかに、小舟に乗ったまま入って行った唐の時代の老絵師のように、時空の円環に陥ってしまったのでしょうか。あの日、池の底に、きみのコラージュに貼られていたのとよく似た、漁に使うガラスの浮き球がいくつか沈んでいたのを覚えていますか。古民具の店にでもありそうなものです。一部が破損して、小さな魚が出入りしていました。厳しく管理された池ですから、あれは捨てられたのではなく、目的をもって沈められたものでしょう。宇宙素粒子観測装置を覆い尽くしたガラスの単眼の破裂事故の話が、そこに重なります。あの厖大《ぼうだい》な数のガラスの眼の、瓦解の音楽をふたりで聴きたかったですね。あれこそは、来たるべき危機を察した赤ん坊たちの、言語以前の言語であり、数値化できない余りの声だったのですから。

いまのぼくたちには、こうして終わってしまった出来事のカルテを取るしかありません。偶然を溶かして必然を接続するには、きみの鉤針のようなオールで舟を漕ぐしかないのです。またいつものような与太話に終始してしまいました。今日の言葉のじゃんけんは、ここまでにします。寒くなってきました。身体が冷えないよう、くれぐれも気をつけて。

気球の浮かぶ夕空を見あげながら――

九通め

切手を貼る、というのはどんな場合であれ、小さな緊張を強いる作業です。歪んでいないか、角の隙間は適切か、糊《のり》がはみ出していないか、その糊で宛名が汚れていないか。気を配らなければならないことがたくさんあります。中でも一番大切なのは、やはり、シートから一枚の切手を切り離す瞬間ではないでしょうか。

鋏を使わなくても、手で簡単に切り取れるよう、あのドットの連なりがちゃんとついているのですから、ためらう必要はないにもかかわらず、不器用な私はいつも、変な方向に力を入れて、切手をびりびりに破いてしまい、せっかくのドットの役割を台無しにするのではないかと心配になり、指が震えてくるのです。

それはたぶん、小さい頃住んでいた家の真向かいにあった、煙草屋兼雑貨店のおばさんのせいだと思います。とにかく怖いとしか表現のしようがないおばさんでした。煙草の並ぶガラスケースの向こう側に座る姿は、お客さんにものを買ってもらうというより、文句があるなら帰れ、とでも言いたげな雰囲気で、微笑みなど浮かべたためしはなく、地黒の顔は粉を吹き、始終、痰《たん》を詰まらせては咳をして、耳障りな破裂音を響かせていました。

ある日、母が私に一通の封筒を手渡し、お向かいで切手を買って一枚貼り、ポストへ投函してくるように、もう七つにもなるのだから、一人で行けるはずだ、と言いました。私は文字通り震え上がりました。そんな罰を受けるほどの悪いことを、自分がしたかどうか考えあぐねているうち、母はずるい条件を出してきました。もしお利口にお使いに行けるなら、お向かいでガムを一つ買ってもいいと言うのです。

ガム。水色や桃色や黄色をした、フルーツの味がするらしい、友だちに銀紙の匂いだけはかがせてもらったことのある、虫歯ができるからと言って絶対に買ってもらえなかった、ガム。噛んでいるだけで、二つも三つもお姉さんになった気分にさせてくれる、あの格好いいガム。

結局、ガムの誘惑に負けて私は、お使いに行ったのでした。

「郵便番号はちゃんと書いてあるか?」

切手を買いに来た私を、おばさんはいきなり予想外の方向から攻めてきました。子どもは厄介事を起こすもの、と決めつけた言い方がいっそう私を動揺させました。

「いい加減にチョロチョロした字で誤魔化したり、ましてや書いていなかったりしたら駄目だ。届きゃしない」

返事もできず、そろそろと私は封筒をガラスケースの上に差し出しました。角がアールになったうえ、こちら側へ斜めにせり出してくるような形のケースは、子どもには高すぎ、背伸びをしなければおばさんの手元までは届きません。床はざらざらしたコンクリートで、靴の下から冷たさが這い上ってきます。

「ああ、大きく書いてあるある」

自分の要求通りだったにもかかわらず、まるでそのことが不服ででもあるかのような、投げやりな口調でおばさんは言いました。郵便番号とは何であるか、正直よく分かっていなかったのですが、母がそれをきちんと書いておいてくれたことに、とにかく私は感謝しました。

「はい、これ」

細い引き出しがいくつも並ぶ背後のキャビネットから、彼女が取り出した切手シートがどんな柄だったか、今ではもう思い出せません。特別珍しいデザインではなかったはずです。

それは表面がつるつるし、幾分縁が裏側に丸まっていました。端正で、初々しく、清潔です。どんなに薄っぺらに見えても、お金と同等なのだという誇りにあふれています。そこから私は、一枚を切り離さなければなりません。おばさんは私の手元をじっと見つめています。一瞬たりとも視線をそらす気配はありません。おばさんには分かっていたのです。目の前のひ弱な子どもが初めて一人ぼっちで外の世界に取り残され、一通の手紙を、行ったこともない遠い場所へ送り出そうとしているところである、と。もちろんそこに、温かく見守ろうとする親切心などあるはずもなく、何か間違いを犯したらすぐさま糾弾《きゅうだん》してやろうという気で満々なのです。目を合わさずとも、その意気込みは指先に伝わってきます。

案外しっかりとした紙の質、ドットのざらついた手触り、ガラスケースに並ぶ煙草の箱の見慣れないアルファベット、おばさんの息遣い、表の通りを走る車の音、何もかもが私の手元を狂わせます。爪先立ちした足は、痺《しび》れて感覚をなくしています。どうにか私はシートの端をつまみ、小さな穴の最初の一つを目掛け、指先に力を込めます。

その時です。あらかじめ計算された企みだったのか、単なる偶然か、おばさんが咳をしました。一瞬で世界を切り裂く凄まじさを持った、痛々しいほどに下品な、あの咳です。世界が切り裂かれたのですから、私の切手が破れるのも仕方ありません。

新装版 マンガ 日本の歴史 ㉗ 太平洋戦争から高度成長時代まで

石ノ森章太郎

全巻完結

太平洋戦争へと突き進んだ日本は一九四五年八月、無条件降伏。占領下で民主化政策が実施され、米ソ冷戦のもと講和独立を獲得。高度経済成長時代を迎える。

●1320円

聯《れん》愁《しゅう》殺《さつ》 新装版

西澤保彦

迷宮入りの連続殺人事件、唯一の生存者から真相究明を託された〈恋謎会〉の面々。白熱の推理バトルのすえ、彼らが辿り着いた真実とは——!?　〈解説〉唐木 厚

●924円

冴子の東京物語

氷室冴子

長電話魔の著者が「電話代より家賃が安い！」と始めた東京暮らし。両親や友人の話、失敗談や女ならではのモンダイを綴る傑作エッセイ。〈解説〉青山美智子

●858円

漱石の白百合、三島の松
近代文学植物誌

塚谷裕一

虞美人草、スイートピーから紅茸まで、文豪は植物をいかに描写してきたか。広大な文学作品の森に息づく草花を植物学者の視点で読み解く。〈解説〉大岡 玲

●990円

川端康成異相短篇集

川端康成

高原英理 編

没後50年

現世界への見方が通常の認識とは異なる別の相を感知していると読める作品（小説十六篇、随筆三篇）をセレクト。川端文学の謎めいた魅力を一望する小説選。

●990円

般若心経
生まれ変わる

ひろさちや

自分の弱さを知り、あるがままを受け入れ、無理して頑張らないで生きよう。般若心経の世界をQ&Aでわかりやすく語ったひろさちやさんの最期のメッセージ。

●858円

狩場の悲劇

チェーホフ

原 卓也 訳

殺人事件をめぐる小説原稿に隠された秘密と、読み終えてなお解け残る謎。近代ロシア文学を代表する作家が残した恐るべき大トリック。〈解説〉佐々木敦

●1100円

今から思えば、ほんのわずか角が欠けた程度で、別段問題はなかったのでしょうが、私にとってはすべてが台無しになったも同然です。耳にはいつまでも咳の残骸が響いています。次にどんな罵声が浴びせられるか、指先をもそもそさせ、少しでも破れたところを誤魔化そうとしながら身構えました。ところが、おばさんはずっと黙ったままです。いくらでも私を苛《さいな》む理由が目の前にあるというのに、無言なのです。

こんな破れた切手では、手紙が届かないと知っているからだな。私は悟りました。手紙が迷子になると分かっていて、わざと口を挟まず、心の中でほくそ笑んでいるに違いない……。咳の残骸がいつの間にか、「届きゃしない」という声に変化し、鼓膜を震わせていました。

ならば別のもう一枚を切り取れば済む話なのですが、そこが子どもの子どもである理由で、そんな機転が利くはずもなく、絶対におばさんと目を合わせないよううつむいたまま、濡れたスポンジで切手の糊を溶かし、少しでも破れた箇所を誤魔化せるよう封筒の角ぎりぎりのところに貼りました。その間も無言は続きました。他のお客さんがやって来る気配もなく、煙草たちは相変わらずよそよそしい表情を向けています。私は大慌てで店を出ると、すぐ脇に立つ郵便ポストに封筒を押し込め、家へ逃げ帰りました。糊のついた指先がいつまでも気持ち悪くべとべととしていたのを、よく覚えています。

もちろん母には何も言いませんでした。あれが誰に宛てた、どんな手紙だったのか、確かめる術《すべ》はありません。もし我が家にとって重大な意味を持つ手紙だったらどうしよう。おばさんの祟《たた》りは、いく晩にもわたって私を苦しめました。切手が破れているために、どこにもたどり着けず、さ迷い続ける手紙。届くべき言葉を待ちわびながら、いつまでたっても報《むく》われず、途方に暮れる誰か。すれ違い、ねじれる思い。頼りなく宙を漂い、雨に打たれ、風に舞い、変色する封筒。破れたままの切手……。

自分の引き起こしたこの行き違いが、いつか取り返しのつかない事態を巻き起こすに違いない。そう私は確信し、決定的な審判が下る日を、恐怖とともに待ちました。夜、まぶたを閉じた時、罰を与えるために現れるのは、なぜかママではなくおばさんなのですが、そのことを不思議に思う余裕もありません。ただ「ごめんなさい、ごめんなさい」と繰り返すばかりです。かわいそうに、小さな私は、ガムを買うのを忘れていることにさえ、気づいていませんでした。

貨物船の切手は破れていませんでしたか？　真っすぐ、糊もはみ出さず、バランスのいい位置にうまく貼れていましたか？

子どもの私が煙草屋兼雑貨店の店先にあるポストへ投函した手紙は、どこへ行ってしまったのか。正しい場所に配達されたのか、あるいはいまだにどこかをさ迷っているのか。もしかしたらあの封筒の中に、オペラのチケットが一枚、入っていたのかもしれません。よかった、結局何も起こりそうにはない、と自分なりに安心し、ようやく買い忘れたガムを惜しむ気持ちにもなり、いつしか記憶からも消え去ったままになっていましたが、やはり、おばさんは見逃してはいなかったのです。咳によって切り裂いた世界の隙間に封筒を忍び込ませ、私の予想もできない形で再びそれをこちらに差し向けたのです。

「届きゃしない」

の予言どおり、封筒は長い時間をかけ、返送されてきました。

そう考えれば、ガラスケースの向こうにいたおばさんと、ボートに乗っていた小さな人は、喋り方は正反対でも、姿かたちが似ていたと言えなくもありません。もちろんそのチケットが、池の中に落ちた方なのか、あなたの手に渡った方なのかは、分かりませんけれども。

隠れ家の中でアンネが勉学に励んでいた事実は、尊敬に値すると思います。〝胸くその悪い計算問題〟などとお行儀の悪い言葉で愚痴をこぼしていたにしても、フランク家の教育方針は、学ぶことこそが未来への道であるという事実を証明しています。

アンネたちは支援者の名義を借りて通信教育を受けていました。彼らが連行されたあと、姉のマルゴーに名義を貸していた事務員の女性宛てに、優秀なあなたが途中でやめてしまうのはもったいない、ぜひ続けなさい、という旨の手紙が届きます。アンネ・フランク・ハウスの中でも、ことさら胸をえぐられる展示品です。

アンネが『ニヴェルネの美女』(これが水と船に関わりのあるお話だったとは……)をテキストにして、フランス語の勉強をしているとキティーに書いた同じ日、一九四二年十月十四日、水曜日の日記には、もう一つ大事な事柄が記されています。

〝マルゴーがいつかわたしの日記を読ませてくれないかと言うので、「いいわよ、ちょっとだけならね」と答えたあと、だったら交換にお姉さんのも読ませてもらえるかとたずねました〟

マルゴーは頭がよく、内省的な少女でした。大人たちの諍《いさか》いからも、アンネの反抗からも距離を置き、自ら問題を起こすことのなかったマルゴーが、心の内を書き残していなかったはずがありません。必ず彼女にも、赤い格子柄の日記帳と同じような秘密のノートがあったはずです。それは一体、どこへ行ってしまったのでしょうか。そこにはもしかしたら、アンネが描くのとは全く違った隠れ家の風景が映し出されていたかもしれません。ボーイフレンドに宛てて書いた、届くはずもない手紙が挟んであったとしても、誰も驚かないでしょう。

同じ日の日記には、興味深い追伸があります。隠れ家のメンバー全員の体重が記されているのです。アンネは三十九キロ。マルゴーは五十四キロ。この数字だけを見ても、たった三つしか違わない姉妹が、大人と子どもの間に架かる橋の、微妙な位置にいることが分かります。しかもそのずれは、決定的で誤魔化しがききません。この時、アンネは十三歳、マルゴーは十六歳です。子どもらしい無邪気さを残しつつ、だからこそ残酷なまでに大人たちに反抗できた妹と、無理にでも大人になった振りをしなければならなかった姉でした。『アンネの日記』をめくる時、ページの後ろ側にたたずむ、引っ込み思案だけれども思慮深い、もう一種類の日記に心を寄せずにはいられません。

運び屋に連れ去られ、実の母親とはぐれてしまった子ども。破れた切手を貼られた封筒。偽造チケット。死者に宛てた通信教育会社からの手紙。架空の友だちキティーへ向けられた無数の言葉。その影に隠れ、決して姿を見せてくれない日記。すべてをすり抜けてゆくニュートリノ……。私たちの生きる世界は、行くべき場所にたどり着けないまま、さ迷い続けているものたちであふれています。

こんなにも音楽を愛しているあなたが、とても音痴だったのを、懐かしく思い出します。あなたが歌えるのはただ一曲、『上を向いて歩こう』だけでした。でも、修理の行き届かないアンプで再生されたようなあなたの歌声が、私は好きでした。

ところで、〝無言の刑〟を覚えていますか？　喧嘩になって私が口をきかなくなるのを、あなたはそう称し、いきさつがどうあれ反論せずにそれを甘受していました。たとえ反論したとしても、刑の種類が無言なのですから意味がないわけで、もちろんあなたはそのあたり、理性で正しく判断していました。まあつまりは、私の気が済むのを待つより他に手はない、ということです。

ほとんどの原因は覚えていませんが、一つだけ、あなたの体に関わるため、怒りのレベルが桁《けた》違いだった、という理由で忘れられないきっかけがあります。あなたの睫毛の縁、つまりまぶたに、ものもらいとは表情の異なる腫れ物ができたことがありました。ものもらいよりずっと柔らかく、中が薄ピンク色に透け、瞬きのたびにフルフルと震える、妙に美しい腫れ物でした。ほんのわずか油断しただけで、たやすく破れてしまいそうな危うさも感じられました。

「触っては駄目」

私はきつく言い渡しました。そもそも、早く寝るようにといくら言っても聞かず、タイプ打ちに集中しすぎたせいで、疲れが出たのです。

「黴菌《ばいきん》が入ったら大変」

腫れ物の中を満たす透き通った何かは、毒を持つ水母《くらげ》のような邪悪さを隠しているに違いない。もし腫れ物が破れてそれがあなたのまぶたに染み込んでしまったら……。私の想像は膨らむばかりです。けれど心のどこかには、この美しいあなたの一部を、できるだけ長い間見つめていたい、という願いが潜んでいたのも、また事実です。

それなのにあなたは不用意にまぶたをこすって、あっさり腫れ物を潰してしまいました。しかも、痛みがあるはずなのにやせ我慢をし、鬱陶《うっとう》しさから解放されてやれやれ、とでも言いたげな表情を浮かべたのです。

あの時の〝無言の刑〟は最長を記録しました。案の定、まぶたは腫れ上がり、片目は無様にふさがり、切開手術や抗生物質や眼帯や、厄介な事態に陥りました。自分には怒る権利がある、と思うとなおさら後には引けなくなり、刑は長引くばかりです。

しかし、ここで正直に告白しましょう。あなたの目を心配する気持ちとはまた別の次元で、私はあの腫れ物を自分で破裂させたかったのです。それをあなたが私の許可もなく、しかも私の見ていないところで勝手にやってしまったせいで、子どもっぽい怒りに取りつかれていたのです。

気づいた時にはもう、腫れ物の中身はまぶたに吸い込まれ、あるいは蒸発し、姿を消していました。かろうじて濡れた睫毛に痕跡が認められる以外、ぷっくらとした愛らしい膨らみも、光を通す薄い膜も、心細げな震えも、睫毛の毛根に食い込む案外しっかりした根元も、すべてが失われたあとでした。破れた瞬間の感触を、まだ覚えていますか？　透明な何かは、やはり薄ピンク色をしていましたか？

私が許す前にあなたが降参するのは、毎回のことです。沈黙に耐えられなくなったあなたが最初に口にするのは、言葉ではなく、歌でした。もちろん『上を向いて歩こう』です。

あなたは我慢の限界を蹴破《けやぶ》るような、乱暴な真似はしません。私の視界に入らない隙を狙い、空耳かと思わせるくらいのさり気なさと、音程が合っているかどうか探るような自信のない細さで、最初の一音を発します。同時に、無言でいるのと歌をうたうのは矛盾しないからね、という開き直りも感じ取れます。二小節か三小節、私は気づかない振りをします。相変わらずあなたの歌は音程が狂っていました。リズムもたどたどしく、低音になると喉が縮こまり、高音になると声が裏返りました。眼帯がまだとれていなかったせいでしょうか、余計に危うい歌声に聞こえ、思わず私は振り向き、どういう表情を浮かべていいか迷いつつ、とにかく一つため息をついたのでした。

「一人ぽっちの夜」

なぜ『上を向いて歩こう』のラストは、これなのでしょう。ずるいと思いませんか。

私が子どもの頃飼っていたセキセイインコの名がポッチだったと、あなたも知っていたはずです。ひとりぼっちの夜、もちろん切手騒動で怯えていた夜も、信じられないくらいの美声で私を慰めてくれたポッチ。わざわざ彼を思い出させるよう仕向けたうえでの選曲だったと、考えざるをえません。

最後の一音が無言の底に沈んでゆきました。私は拍手をします。一曲、歌を披露してくれたのですから、敬意を表するのが礼儀です。この拍手が許しの合図です。無言の刑は終わりました。

今私は、薄ピンク色の液体に濡れた目が、左右どちらだったか思い出そうとしています。お母さんの誕生日プレゼントを探している途中、松の枝が刺さった左目だったか、起爆装置の破片に傷つけられた右目だったか。けれどなぜか、うまく思い出せません。

今度生まれ変わる時、一つだけわがままを言えるとしたら、歌の上手な人にしてもらいたいと思っています。散々あなたの音痴を話題にしましたが、お前はどうなんだ、と言われると返す言葉がありません。自分の体だけを使い、どんな楽器にも真似できない歌声を響かせるオペラ歌手が、うらやましくてたまらなくなる時があります。彼らの歌声はすべての言葉をすり抜け、心の奥底に隠れた洞窟にまで届きます。私も美しい歌声さえ持っていれば、自分以外の誰かの、あなたの、洞窟に触れられるのに、と夢を描きます。

類《たぐい》まれな声を授けられた私は、吟遊詩人になります。もちろん私が歌うのは、あなたの書いた詩です。広場や辻で、酒場や木陰で、赤ん坊が生まれた時、月が沈んだ時、日照りの時、争いの時……あらゆる場面で人々は吟遊詩人を必要とします。決して滅びない仕事です。アウシュヴィッツにさえ存在していたのですから。

強制収容所からの帰還者、プリーモ・レーヴィの本にその記述があります。イタリアの山岳地帯でレジスタンス活動に加わっていた彼は、ファシスト軍に捕らえられ、ユダヤ人であることを明かしたために、一九四四年の二月、アウシュヴィッツへ送られます。ある日、夕方の配給もとっくに終わった夜、バラックの小扉からこっそり一人の吟遊詩人が忍び込んできます。寝台に腰を下ろし、彼がイディッシュ語の四行詩を歌いはじめると、すぐに人の輪ができます。詩には収容所での生活のささいな事柄が織り込まれています。諦念《ていねん》と憂愁に満ちたその歌声に、皆が静かに耳を澄まします。そして幾人かの聴衆はお礼に、一つまみの煙草や一本の縫い糸を差し出すのです。

自分が自分であるためのすべてを奪われ、寒さと死への予感で震えるなかにあってもなお、詩を求める心が失われていない事実に、ただ立ち尽くすばかりです。

最初は、レーヴィが幻覚を見たのではないかと疑ったほどでした。しかし、トリーノ大学の理工学部に学んだ化学者の目で、自分の体験を記録しようとした彼が、あやふやなことを書くはずはありません。アウシュヴィッツには吟遊詩人がいたのです。すべてを奪われたあとに残ったわずかなものを、詩のために捧げる人が、間違いなくいたのです。

満足な暖房も明かりもないバラックの片隅で、私は歌います。取り囲む人々の目は、栄養失調のために落ち窪んでいますが、瞳の奥に灯る光はまだ消えていません。夜の闇を乱さないよう、そっと発せられる私の声は、それでもバラックの隅々にまで届いてゆきます。動けないほど衰弱し、寝台に横たわったままの人々も、耳を澄ましているのが分かります。あなたの詩は、どんな悪にも奪えないものを隠してある、心の奥の洞窟に響き渡ります。

髪も靴もトランクも、家族も過去も名前も奪われた人が、それでもなお他者のために何かを与えられるとしたら、今の私も誰かの吟遊詩人になれるのでしょうか。

それにしても、どうして自分が〝無言の刑〟を編み出したのか、今更ながら不思議です。なぜなら、私たちにとって無言は馴染み深いものであって、罰にはならないはずだからです。仕事部屋とクローゼットで、お互いどれくらい長い時間の無言に身を置いたか思い出せば、私の愚かさは明らかです。それどころか、世界の秘密を教えてくれるあなたと視線を合わせ、無言でうなずき合う瞬間をあれほど愛していたのに、変ですね。

「ぼくの内景をあっさり見抜いて受け入れてくれたのは、きみだけです」

これは私にはもったいない言葉です。私は自分の声を、あなたの洞窟に届かせることはできなかったのだと、よく分かっています。手紙の中で、こんなにもいろいろなものごとが一つの水系でつながっていたのかと驚かされ、そのことに喜びを感じる一方、どんなに一生懸命オールを漕いでも、あなたの洞窟にだけはたどり着けない事実が、一通一通、明らかになってゆきます。洞窟の一番奥にある、岩の間から染み出す水滴が作った湖。あまりに澄んでいるので、宙に浮いているのかと錯覚しそうな湖です。

しかしあなたがそこで、〝はっきり輪郭のとらえられたわかりやすい部分〟を、どんなふうに燃やしていたかは、ちゃんと知っています。それは炎に触れたものを手あたり次第飲み込んでゆく独りよがりの火ではなく、暗闇の空洞を黙々と照らす焚火《たきび》のようでした。そう、無言に似た火です。炎は岩肌を撫で、刻々と色を変えながら、風もないのに危うげに揺らめいていました。湖の水面に落ちる水滴一つ一つに、その揺らめきが映っていました。

悪と善、両方を平等に含んだ炎の、何と妖しかったことでしょう。見つめているうち、オペラのアリアのたった一音に魔法をかけられ、もう戻ってこられないのではないかという畏《おそ》れとともに吸い込まれてゆく瞬間を、思い出したものです。仕事部屋の真下のクローゼットに籠もり、編み物をする私の手元を照らしていたのは、きっとあなたの焚火です。

小型船舶操縦士の試験のこと、よく覚えています。どんな種類であれ、あなたは試験というものが苦にならない人でした。それどころか、好きだった、と断定したって構わないでしょう。私からすれば、思いも及ばない稀有《けう》なタイプです。

特に、級や種など、段階が分かれている公の試験があなたを駆り立てているように見えました。二級の次は一級、二種の次は一種、といった具合で、上のレベルがある限り歩みを止めないさまには、神経衰弱でも知恵の輪でもオセロゲームでも、私に負かされてあっさり引き下がるあなたからは想像もできない、勝気さがあふれていました。

そしてあなたは、試験を偏愛するだけでなく、必ず合格する人でもあります。もちろん航空機の操縦免許試験にだって合格するでしょう。私が保証します。ボートのオールをあんなに自在に操れるあなたなのですから。

プレゼントしたコラージュはほんのお遊びです。図々しくもジョゼフ・コーネルを気取ってみた、というところでしょうか。切手に世界を閉じ込めたドナルド・エヴァンズと、箱に記憶を閉じ込めたコーネル、二人はきっと同じ島に暮らす住人ですね。でもたぶん友だちにはなれなかっただろう、と勝手に決めつけています。公園のベンチに座り、自動販売機で買った甘すぎるチョコレートケーキを片手に、会話もなく、ただ小鳥のさえずりにだけ耳を傾けている二人の姿を見た人は皆、彼らが見ず知らずの者同士だと早とちりしてしまうからです。

コーネルに関して私が一番好きなのは、まだ若い彼が映画館の切符売り場で働く少女に恋心を抱いた、というエピソードです。生涯一度も結婚しなかった彼ですが、伝記を読むと意外にたくさんの恋愛に関する記述が出てきます。もっとも、恋愛と言ってもそれは世間一般のとらえ方とはかなりずれた、コーネル独特の心模様であり、切符売り場の少女の場合も例外ではありませんでした。

小さなガラスのブースに座り、てきぱきと切符を売る少女を、コーネルは遠くから眺めます。近くを通り過ぎるだけで胸の高鳴りを感じます。

「一枚」

ガラスに顔を寄せ、彼が口にするのはほんの一言、これだけです。彼女からの言葉はあったでしょうか。たぶん、無言だったでしょう。映画のチケットを買う間のやり取りなど、ほんの十数秒です。だからこそ、お釣りを渡す指先が、触れたか触れないかの一瞬が、彼にとっては重大問題になります。たとえ少女の瞳に男の姿など映っていなかったとしても、その一瞬に彼はブースの彼女を丸ごと、自宅の地下室に転がる箱の中へ閉じ込めることができるのです。

　結局コーネルは花束を持って切符売り場に現れ、それを彼女に捧げようとするのですが、拳銃を隠していると誤解され、支配人に組み伏せられてしまいます。せいぜいチケットとコインをやり取りできるほどの隙間しかない切符売り場の窓口から、どうして花束が差し出せると、コーネルは思ったのでしょうか。少女は悲鳴を上げたそうです。小さなガラスのブースの中で、その悲鳴はどこにも逃げ出せず、響きが収まったあともなお渦を巻き、彼女をいっそうきつく閉じ込めることになったでしょう。

　箱に閉じ込められた美しか愛せなかったコーネルは、生きた人とはうまく交われませんでしたが、その代わり、死者と会話するのは得意でした。そんなコーネルが私と出会ったら、花束の一つくらいはプレゼントしてくれるだろうか、とつまらない妄想を巡らせては一人で呆れています。今、手の中にあるものをとにかく閉じ込めようと、拳しか出さない私、重力の箱に閉じ込められた私を、コーネルならきっと愛してくれるはずだ、と思うのです。
毎回、どこで手紙を終わらせたらいいのか分からず、長々と書きすぎてしまいます。ごめんなさい。どうか、うんざりなさらないで下さい。

どこかで赤ん坊が泣いている黄昏《たそがれ》に

十通目

切手を貼るのはじつに難儀なことですね。小さかったきみの、緊張感に満ちたはじめてのお使いの様子、鮮やかで、かつ切ない後味をもった短篇小説のようでした。煙草屋と雑貨屋を兼ねた店はぼくの郷里にもありましたが、どこも「煙草屋」ではなく、「たばこ屋」と表記されていました。当時の町を頭のなかで再現してみると、友人たちと自転車で走りまわった狭い行動範囲内に、煙草と切手だけでなく、雑貨やお菓子を置いているよろず屋に近い「たばこ屋」がいくつか浮かびあがって来ます。いまはどうなっているのか、家からいちばん遠かった「たばこ屋」の店先には、球のかわりにコインをバネで弾いて穴に入れるパチンコのようなゲーム機が二台並んでいて、それでいっぱしの賭け事をするために、友達と日参したものです。奥の壁の、作りつけの木の棚には、煙草のほかにごく基本的な生活用品が十分すぎるほどの間隔を空けて陳列されていたのですが、売れている気配はまったくなくて、どれもうっすらと埃に覆われていました。おそらく、子どもたちを集めて菓子を買わせる、むかしながらのゆるい商売だったのでしょう。

その店もそうでしたが、町のどの「たばこ屋」のカウンターにも、例外なくおばさんが、あるいはおばあさんが座っていました。不思議なことに、みな親族ではないかと錯覚するくらい似ていて、紙縒《こよ》りみたいに細くて頼りなげなのです。おなじ仕事をしていると顔の造作も似てくるのでしょうか。だいぶ大きくなってから、戦後、夫を殺されて寡婦となった人たちの暮らしを助けるための政策のひとつとして、専売公社の扱う煙草の小売人指定を受けやすくするという法的な考慮があったことを教えられて、たばこ屋とおばさん、おばあさんがひとつになって記憶されている現象にようやく説明がついたのですが、店構えに差があったのは創業資金のちがいだったのでしょう。きみを苦しめた、上部が鼠返しみたいに出っ張って角が丸くなっているカウンターのほかに、木でできている棚を通りに面した壁にはめ込んだだけの、映画館のチケット売り場を思わせる型も見られました。そして、いずれの天板も、子どもには微妙な高さにありました。

切手を一枚買って手紙やはがきに貼り、ポストに入れる。そんな大冒険をさせられたきみが羨ましいと言ったら怒られるでしょうか。じつは、かなりの年齢になるまで、町のたばこ屋で切手を買ったことがないのです。ぼくの役目は、家からいちばん近い店まで、看板どおりのものを買いに行くことでした。最初の使いでどう説明したのか、残念ながらよく覚えていません。銘柄はいつもおなじでした。透明なフィルムに包まれていない薄緑色の紙の箱で、ひらがな三文字がここしかないバランスで描かれている少し古風なデザインです。和菓子でも入っていそうなそのたたずまいが、ぼくはとても好きでした。封を切らずに箱のまま飾っておきたいと思っていたほどです。たまにちがう銘柄を頼まれると、なんだか裏切られたような気がしました。一箱二箱ではなく、カートンで譲ってもらうこともあります。父親と事前に話がついていたのか、大きなのでくださいと言えば、怪しむことなく出してくれました。時代が時代なら、いくつかくすねて闇市でさばいたりしていたかもしれません。店のおばさんとは顔なじみになりましたが、言葉はほとんど交わしませんでした。

そのたばこ屋のカウンターが、まさしくきみが描いてくれたとおりのものだったのです。夏の暑い盛りでも、あのガラスケースの天板に触れるとひんやりして気持ちがよかった。カートンの場合はお札でしたが、ふだんは小銭を出します。ポケットに入れていた硬貨を、ぐっと腕を伸ばして渡すのです。紙縒りの顔とは種類のちがう細ながい手の先の、皺のよった平たい部分に小銭を落とすと、おばさんは煙草をガラスケースから取り出して平置きにし、天板の上をすっと滑らせるのでした。支払いは手で受け取ってくれるのに、なぜかお釣りは直接渡してくれないのです。そんな決まりでもあったのでしょうか、おばさんは釣り銭をガラスの上に、碁石みたいにぱちんと強い音を立てて打ちつけるのです。どういうわけか、それが大人だけに許された特権的な響きのように感じられたものでした。

そのたばこ屋では当然ながらはがきと切手も扱っていて、店先には赤い円筒型のポストが立っていました。親が命じてくれさえすれば、きみとおなじように切手を買い、手紙に貼って投函することもできたはずなのに、その機会はついに訪れませんでした。ただし、一度だけ、なんの役に立つのか理解できないまま収入印紙を買わされたことがあります。おばさんの手の届くところに置かれている、薄い引き出しが開けられるのを目撃したのは、そのときだけです。切手の顔をしているのに切手ではない不思議な紙切れを、大事なものだからなくさないようにと、おばさんはぺたんとした半透明の袋に入れてくれました。嬉しいのか嬉しくないのかわからない、複雑な気分になったものです。ぼくがそのあと切手好きになり、船舶関係に的を絞って蒐集するまでに至ったのは、きみのような通過儀礼をさせてもらえなかったことに対する不満に端を発しているのかもしれません。趣味として集められた切手は、先の収入印紙と同様、移動とは無縁です。あえて使わない不自由さを愛でながら、パラフィンの貼られたストックブックにそれらを整理保管し、先の平たいピンセットでそっと取りあげる。切手本来の使命を無視する遊びに正式な資格が必要ならば、負けず嫌いのぼくのこと、国内外の目録をつぶさに読み込んで試験に備えていたにちがいありません。しかし、なぜきみの煙草屋兼雑貨店のおばさんは、自分で一枚切って渡さず、わざわざ小さな子どもにシートから切り取らせたのでしょう。いずれ精緻な編み物をするようになる、きみの指先の才能を見抜いて試練を課したのでしょうか。ぼくだったら、昂奮のあまり手に汗をかいて、切手の糊を溶かすようなへまをしでかしたのではないかと思います。綺麗なシートを切り取る前にべとつかせたりしていたら、それがトラウマになって切手蒐集などには走らなかったでしょう。幸い、いまも持っているストックブックには、きみを苦しめたシートがシートのまま、分断されずに収まっています。

きみの手紙でなによりぼくを喜ばせたのは、「濡れたスポンジで切手の糊を溶かし」という一節でした。とつぜん、あの湖畔の家で無言の刑に処されていた日のことがよみがえってきました（そういえば、糊と湖は字の形がよく似ていますね）。書きものをしていないときは、船に夢中になるあまり、屋根に無線アンテナを立てて通信用真空管を使った無線機を設置し、ずっと船舶気象通報を聴いていました。一般向けの気象通報よりも詳細な、航路標識の灯台周辺の気象をぐるりとめぐる長篇詩朗読のような時間。いっしょにソファーに腰を下ろして、二階から引っ張ってきたモノラルのスピーカーでこの放送を聴いた夜のことを覚えていますか。一周約一時間。あれはただの情報ではなく、音楽でした。早めに電源を入れて、真空管は十分あたためてあります。家の周辺の天気も安定していて、比較的電波のつかみやすい状態にあることも確認済みでした。定時に周波数を一六七〇・五キロヘルツに合わせると、女性の声が、遠い彼方からかすかに聞こえてきます。ぼくは少し身を乗り出しました。きみは、静かに、背もたれに身体をあずけたままです。

「各局、各局、各局、こちらは、宮古島、宮古島、宮古島、海上保安庁が、西崎《いりさき》灯台、平久保崎灯台、および、池間島灯台の、気象状況を、お知らせします、時刻十九時五十五分、西崎灯台では、南の風、五メートル、気圧、一〇一二ミリバール、平久保崎灯台では、南東の風、四メートル、気圧、一〇一二ミリバール、池間島灯台では、南南東の風、五メートル、気圧、一〇一三ミリバール、おわり、こちらは宮古島、繰り返します、時刻十九時五十五分、西崎灯台では、南の風、五メートル、気圧、一〇一二ミリバール、平久保崎灯台では、南東の風、四メートル、気圧、一〇一二ミリバール、池間島灯台では、南南東の風、五メートル、気圧、一〇一三ミリバール、おわり、こちらは宮古島、さようなら」

この放送を聴きはじめたころは、地理の授業でも受けているように、地図を傍らに置いていました。読みあげられる地名も、すぐに漢字に変換できませんでした。それから何度か、ノートに鉛筆でひらがなのままメモをとり、あとから調べ直して表記を覚え、立ち寄った灯台に印を付けていきました。宮古島、慶佐次《げさし》、都井《とい》、足摺《あしずり》、室戸《むろと》、大阪ハーバーレーダー、潮岬《しおのみさき》、大王、石廊《いろう》、八丈島、野島、犬吠《いぬぼう》、金華山、魹ヶ崎《とどがさき》、尻屋……。これで半分です。電車の駅も湖へのバス路線の停留所も曖昧なくせに、船舶関係の地名だけはすらすら口にするのを、きみは呆れたように眺めていました。いろう、って、どういう字なの。石に廊下の廊だよ。とどがさきは。魚偏に毛と書いて、とど。その岬でとどがさき。えりも、くしろ、めしま、わかみや、かみつしま、はぎみしま、たこばな、えちぜん、へぐら、あわしま、にゅうどう、たっぴ、しゃこたん、やぎしり。暗号のように謎めいた言葉の響きがつづきます。セイレーンの、聴いてはいけない禁忌の声に、ぼくらは自主的な無言刑を科して聴き入っていました。カッキョク、カッキョク、カッキョク……。まだだれも姿を見たことがない幻の鳥の鳴き声。コチラハ、ダイオウ、ダイオウ、ダイオウ……。ひとつ報告されるたびに、おわり、さようなら、という相の手が入ります。どのくらい経ったのか、上対馬のあたりで、不意に、ひんやりしたきみの指がぼくの手に触れました。凍ったように冷たく、しかもあたたかい、いつもの感触です。それが小刻みに震えていました。なにか悪い気でも身体に入ったのではないかと不安になって手を握ると、震えは少し収まりましたが、こんなものを聴かせなければよかったと悔やんだものです。ぼくはきみの、特定の声域に対する巫女さながらの感受能力を知っています。きみは声を出さずに泣いていました。おわり、さようなら、いったい、これを何回繰り返すの？　航路標識の数だけさ。そのたびに、おわり、さようなら、と言わなければならないの？　決まりなんだ。だれが決めたの？　お役所だよ、海上保安庁。海の保安は、神さまの管轄でしょう。そうだね……。ぼくはなにも言えずに、また黙り込みました。古い時代です。気圧がミリバールからヘクトパスカルになるのは、このあとのことです。悲しすぎる、ときみは声を詰まらせました。おわり、さようなら、それを繰り返すなんて悲しすぎる、地球全体にさようならをしているみたいでしょう、たとえそうだとしても、最後に一回言えば十分じゃないの。

　驚きました。じつは、ぼくもおなじことを考えていたからです。感情の「波」を立てない、機械で作った声はたしかに世界の終わりを告げるのにふさわしい。ぼくらが生まれたころ、太陽の異常を直すために命を犠牲にした少年ロボットがいました。その行為じたいの価値判断は脇に置くとして、全地球の重荷を背負った彼が、白と黒の世界の底から、やはり短いさようならを繰り返していたことを思い出します。おわり、さようなら。海の彼方からではなく、沿岸からの声には、悲しすぎるくらいの深い情念が感じられました。

＊

ぼくはなにを書こうとしていたのでしょう。そうだ、きみが切手を濡れたスポンジにつけて糊を溶かしたという話に、ひとこと加えるつもりだったのです。自分で買ったことはありませんでしたが、たばこ屋の前を通ると、ときどき切手を買っている人を見かけました。たいていは男たちです。彼らはおばさんが出してくれた切手を舌でべろりと舐めていました。それも、一枚ではありません。二枚、三枚と舐めるのです。舌の真ん中に載せたまま、じっとり湿らせている人もいました。そうすると糊が均一に溶けるのかもしれません。ところが、そこまで丁寧にやっておきながら、封書やはがきに貼るときは、おばさんがひどい咳をして驚かせたわけでもないのに、まことにぞんざいな貼り方をするのです。ぺっと投げつけ、あとはてのひらでぽんぽんと叩く。しっかり乾かしもせずポストに落とすのです。おわり。さようなら。切手を貼ることよりも舐めることの方が重要だと言わんばかりの様子を見て、ああいうやり方をしていたら、切手の裏に毒が塗られていても気づかずに舐めてしまうだろうなと、つまらない心配をしていました。とはいえ、ぼくもいまは、旅先で絵はがきを買い、その場で二、三行の挨拶文を書いてポストに入れるとき、手もとに水気がなくてつい切手を舐めたりすることがあります。よからぬものと見えていたしぐさを、いつのまにかなぞっているわけです。こういうことを世間では大人になると言うのでしょう。

けれど、水をつけるのと舌で舐めるのとでは、その切手に対しての、郵便に対しての、気持ちの乗りに差が出ます。緊張していたと言いながら、小さなきみは冷静でした。スポンジがしっかり目に入っていて、しかもそれが切手の糊を溶かすものだと認識できたのですから。パニックに陥りそうになっても、沈着な態度をすぐに取り戻すのがきみらしいところです。ぼくはその逆。腫れものをつぶしてしまったのは、いつもどおりだったと言えなくもありません。冬場、きみは薪ストーブで指を火傷してできた水疱を、愛おしそうに眺めていましたね。闇のなかでその水疱に触れたら、それがぼくのものではなく、きみの水疱だとは明確に感じられないでしょう。中身がきみの身体から沁みだした体液だとしても、きみだけの所有物だとは感じられないでしょう。ものもらいも水疱も、自分の身体の表面にありながら外にも属する領域の現象です。だれのものでもない、宙に浮いた違和感。違和感がかたちになると、あんなふうに、とつぜん爆《は》ぜるのです。きみの言うように、沈黙に少しも抵抗のないぼくたちが、あらたに設けた無音の水疱に身を潜めるのはおかしなことでした。すでに心内モールス信号があったはずですし、気持ちの灯台をひとつずつめぐったその都度の報告を、自分の声ではなく受信機からの声に代弁させてもよかったでしょう。風向きが変わり、力も弱まって、波が穏やかになる。それを見越して、現実の気象通報を流せばよかったのです。

とはいえ、こうしていま、ながい現実的な沈黙を経ての手紙のやりとりに、ぼくがどれほどの励ましを得ているか、きみには想像できないだろうと思います。つねに一定のリズムで淡々と言葉を連ねるきみの手紙の文体が口述によるものだとはとても信じられませんが、ぼくにとってきみの言葉は、手探りの闇のなかで聴く灯台放送なのです。聞こえない声に耳を傾けるための手段なのです。切手を舐めたり貼ったりしないで手紙を届けるにはどうしたらいいのか、その解を与えてくれるものなのです。

『上を向いて歩こう』——これを歌っていた人が飛行機事故で亡くなった日、ひとり「ポッチ」の意味がこれまでになく身に染みてきたことを思い出します——のほかにもうひとつ、ぼくが音程をはずしながらも下を向かずに歌ったうたがありました。こちらはまだましだったからきみの断罪リストに入っていなかったのかもしれませんが、いま歌うわけにもいきませんから、歌詞を文字にします。頭のなかで再生してみてください。

しろやぎさんから　おてがみ　ついた
くろやぎさんたら　よまずに　たべた

しかたがないので　おてがみ　かいた
—さっきの　おてがみ
ごようじ　なあに

くろやぎさんから　おてがみ　ついた
しろやぎさんたら　よまずに　たべた
しかたがないので　おてがみ　かいた
—さっきの　おてがみ
ごようじ　なあに

一九五一年に書かれた、まど・みちおのこの詩を、ぼくは童謡として歌った世代です。きみもたぶん、そうでしょう。山羊が紙を食べる。よく聞かされた話です。でも、しろやぎの書いた手紙を、くろやぎはほんとうに読まなかったのでしょうか。くろやぎは、しろやぎが心を込めて書いた手紙を二読、三読し、ほとんど暗記するくらいに読み返したうえで、もしかすると実際に全文を頭に入れたうえで、さも読まなかったようなふりをしたのだとは考えられないでしょうか。「さっきの　おてがみ／ごようじ　なあに」と問いかける文面は返信のほんの一部で、読んでいないからなにが書かれていたかは知らないけれど、こんなことを書いてくれたのではないかなという芝居をして、さっきの手紙は食べてしまったから中身がわからない、もう一度書いてくれないかと催促しているのではないでしょうか。かつては、この詩の永久機関のような、ほとんどメビウスの輪に近い堂々めぐりに感じ入っていました。しかし、いまのぼくには、この二匹は、たがいの手紙の内容を一字一句漏らさずそらで言えるはずだ、そうやって、少しでも多く相手の声に耳を傾け、自分の気持ちを伝えようとしているのだ、と思えてならないのです。

アンネ・フランクの姉のマルゴーが日記をつけていたという指摘は、胸に突き刺さりました。姉妹はついに日記を見せあうことがなかった、と専門家は言うのでしょうか。アンネの日記は、彼女の「移送」後に落ちていたものを「後ろの家」の女性が拾って保管しておいたのですね。マルゴーの日記は持ち出そうとして没収されたのか、それとも容易に見つからない書き方で綴られ、隠されていたのか。アンネの言葉はぼくたちに届けられました。マルゴーのそれは消え去りました。どこにも届けられなかった彼女の日記のことを考えるたびに、しろやぎとくろやぎの、ぐるぐるまわる環状のやりとりに立ち返りたくなります。あの姉妹は、さっきの手紙のご用事なあにと知らんぷりしながら、じつはたがいの日記を読んでいたのかもしれません。脳内に入れてしまうこと、それがもっとも安全な保管方法なのです。船舶気象通報は、べつの通信手段の台頭によって、しばらく前に廃止されました。放送の文言に従って、おわり、さようなら、となってしまったのです。それでも、きみが涙したあの雑音混じりの声のリフレーンには、届けられないものを届ける力があったし、いまもある、とぼくは信じています。

*

貨物船の切手の位置は完璧でした。さすがコーネルに学んだだけのことはあります。左右の余白も申し分ありません。以前のコラージュにもこの感性はみごとに発揮されていました。届かない手紙、届けられない手紙、一度届きかけて戻ってきた手紙。いちばんつまらないのは直接渡す手紙だという点で、ぼくたちの意見は一致していましたね。相手の顔もろくろく見ないでさっと渡して逃げていくようなやり方もありますが、「距離」が消されたとき手紙の持つ最大の力が失せるのです。もちろん、こんなことを言っているから、手渡しの恋文とは無縁だったのでしょうけれど。

ところでプリーモ・レーヴィが遺した仕事は、ある意味でみごとに届けられた手紙の一例と言えるのではないでしょうか。『やぎさん　ゆうびん』の哲学的な悲哀も、『上を向いて歩こう』の切なさも大切にしたいのですが、両者の特徴は、届くか届かないかを潮に委ねるような不確かさへの憧れに支えられていることです。投壜通信については何度も語りあいましたが、あれを拾った人がおなじ手段で返事を出したら、おそらく時空を超えた『やぎさん　ゆうびん』の、見かけ上の堂々めぐりの輪に入ってしまうでしょう。幸福なことかどうかはべつとして、そのような輪を断ち切って外に出るには、いわば「渾身のさようなら」が必要になるのです。きみの愛するポッチにもコーネルにもなれない、正真正銘のひとり「ポッチ」の夜を歌うあの歌のように、幸せは雲の上に、空の上にあると気軽に言えるかどうか。もともと涙をこらえるために上を向くのですから、淋しさは前提なのです。悲しみをもっと高いところに、あの原子の力をエネルギー源とする少年ロボットのように、月の、星の蔭に運べばそれで済むのかどうか。

悪党どもが我々みんなをゲットーにぎゅうぎゅう詰めに閉じ込めるよりも前のことだ
ヘウムノよりも前のこと、ベウジェツより、ポナーリよりも前のこと、我々の最期より前のこと
それは戦争が始まって間もなくのことだ、私は今でも覚えているが、通りで友人に出喰わすと

我々は互いに目を伏せ、固く、いっそう固く、手を握り合ったものだった
唇は語らない、目もそうだ、言葉を交わしはしない…目は恐れてもいるのだ
上を向くことを…眼差しは、予感していることを、はっきりとした言葉で告げて
しまうから…

イツハク・カツェネルソンの『滅ぼされたユダヤの民の歌』から「第七の歌」を引きました。ソファーの上で泣いているきみの手を、いっそう固く握った夜のことを思い出します。閉じた眼を、閉じたであろう眼を、思い出します。ポッチどころかハッチ・ポッチのごった煮頭になっているぼくにとって、言葉を交わさないことは、またべつの文脈を持ちうるのです。アンネの姉マルゴーが結果として後世に残した沈黙。瞳は「上を向く」ことを恐れているのに、その恐れの魔力にずるずるはまっていくのです。

きみと会わなくなっていた時期、ある夏の何週間かを、ローマ時代から鉱泉と硬水で知られるフランスの小都市で過ごしたことがあります。ヴィッテルという保養地です。身体を休めていたホテルから、鉱泉治療のシャワー室の絵はがきを送った記憶があるのですが、あれは結局届かなかったようですね。もうひとつの選択肢として、第

二次世界大戦時に親独政府が置かれたヴィシー市も入っていましたが、もっと規模の小さなところで静かに治療をしたかったのです。ところでそのヴィッテルに、一九四一年五月から四四年九月までナチス・ドイツの強制収容所があったことは、あまり注目されてきませんでした。少し特殊な収容所で、敵国で捕虜になったドイツ人と交換するための代替要員の確保を目的とし、当初は英国、カナダ、オランダ、そしてラテン・アメリカ諸国から、二千人規模の女性が集められていました。豪華なホテルを接収し、その周囲を三重の有刺鉄線で囲んでものものしい雰囲気を醸し出しながら、食事はたっぷりしていて郵便も自由という例外的な居心地の良さだったそうです。

　そこに、四三年一月、三百人のユダヤ人が追加されました。ドランシーの収容所やソヴィエト、ポーランドから、比較的裕福なユダヤ人が連れてこられたのです。そのなかに、先の詩を書いたイツハク・カツェネルソンがいました。長男もいっしょでした。ふたりは、一九三九年に故郷ウーチからワルシャワ・ゲットーに移り住んでいます。同郷のピアニスト、アルトゥール・ルービンシュタインは、この年、家族とともにボルドーからアメリカに逃れていますが、カツェネルソンは当初、妻とふたりの子を残してワルシャワに移り、身を隠していました。ナチスによる「移送」が開始されるのは四二年七月。詩人は一八八六年生まれですから、もう五十代半ばでした。仲間たちの尽力で工場で働くことができたため、死地に送られずに済んだのです。

ところが、八月のある日、妻と幼い子どもたちが「移送」されたことを知るのです。彼らはトレブリンカでガス室に入れられました。カツェネルソンは狂乱状態に陥りますが、ワルシャワ・ゲットー蜂起のなかで息子とともに闘い、アーリア人地区に潜行して南米の国が発行したパスポートを手に入れ、ホンジュラスへの逃亡を企てます。スイスのユダヤ人たちがこれはという人物を逃がすために用意したものだったそうです。このパスポートがワルシャワ・ゲットーに届いたときには、受け取るはずだった者の大半が煙になっていました。つまり未使用のパスポートが浮いたのです。それをゲシュタポが手に入れ、ユダヤ人の仲買人を使って、金のある、隠れ家に身をひそめていた人々をおびきだしたのです。ヴィッテルの収容所に送るためにです。カツェネルソンは、そのひとりでした。四三年五月のことです。ポーランド系のユダヤ人で、パスポート上では南米人となる人々が三百人。カツェネルソンの詩の日本語訳が出るまで、こうした事実については、ヴィシーの歴史との関連で聞きかじっている程度でした。だから、当時、きみとの対話のなかでアンネ・フランクの名が挙がっても、イディッシュ語の詩人の話はできなかったはずです。

　特別待遇だった人々の運命は、あるとき一変します。南米諸国が、自国民と称する人々の返還を拒んだからです。交換ができなければ、収容者たちにはなんの存在価値もありません。フランス国内のユダヤ人は、まずパリ郊外のドランシーに収容されたのち、アウシュヴィッツに送られます。カツェネルソンは四四年四月、パリ解放まであとわずかのところで「移送」され、五月、ガス室に消えました。彼は自身の死と民族の死を、そして言語の死を覚悟し、旅立つまでのあいだ、取り憑かれたようにイディッシュ語で詩を書きました。全十五篇の長詩『滅ぼされたユダヤの民の歌』が完成したのは同年の一月。彼はそれを、ひたすら複写しました。もちろん手書きです。全部で六種類の詩稿を作り、ひとつを旅行鞄の把手の革に縫い込むと残りを三つの小罎に入れ、フランスでレジスタンス運動に関わっていたイギリス人女性の助けを借りて、庭の古木の下に埋めたのです。カツェネルソンが「移送」され、ヴィッテルの収容所が解放されたのち、彼女はその罎を掘り出し、原稿をパリに送って、イディッシュ語の印刷所にまわしてもらうよう手配したのでした。

以前、イディッシュ語の本を扱う貸本屋の近くに住んでいたことがあります。一週間のうち二日、それも数時間しか開かない小さな店で、やぎひげを蓄えた黒ずくめの男性が出入りするのをときどき見かけました。看板には「どなたでもご利用になれます」と但し書きがあったので、イディッシュ語が読めなくてもいいのかと思い、何度か入ろうとしたのですが、最後の最後で勇気が出ませんでした。アンネの日記を救った「後ろの家」の女性は、危険をかえりみず、当人が、あるいは一家のだれかが帰って来ることを信じてそれを保管していました。連れ去られるとき、アンネにはどのくらいの時間が与えられたのでしょう。なにを手にしていたのでしょう。マルゴーは自分の日記を持ち出したはずです。没収されたとしても、生還していたらすべてを頭のなかから引き出せたかもしれません。もちろん、アンネの言葉といっしょに。決して届かないだろうと思いながら海に投げる罎と、なにがあっても届けたいと思って投げる罎。絶滅した民と言語のために、これをぜったい届けるのだと念じて地中に埋めた罎はもちろん後者です。最後期の「移送」によって命を落としたカツェネルソンの詩は、その後、エルサレムのヤド・ヴァシェム（ホロコースト博物館）に収められました。

私は見た、私の窓から、荷馬車を、一杯の荷馬車を…私は聞いた
天にまで届く苦痛の叫び、そして静かな音も立てぬ呻き声を――（第三の歌）

カツェネルソンは一時、あの『ドナドナ』の歌の作者だとされていました。諸説あって真偽のほどは不明ですが、曲じたいは、「移送」以前からあったといいます。しかしこの一節で、ひきずられていく荷馬車のユダヤ人たちは、ある晴れた日の昼下がり、荷馬車で売られていく仔牛たちと重なるのです。「何て民族だ！　まるで仔牛のようにと殺されるなんて、何て民族だ！」（第十四の歌）と詩人は記しているのです

から。イディッシュ語で書かれたこの詩篇が生き延びる一方で、書き手は仔牛のように消えたのです。言葉を救い出した女性は、あの罎をどう処理したのでしょう。いっしょに持ち去ったはずはありません。貴重な詩篇を救い出すには、荷物は軽ければ軽いほどいいのです。そこでぼくは妄想をたくましくするのです。罎はやはりヴィッテルの小罎だったろうと。蓋のついたジャム容器なども手に入ったかもしれません。けれど地元のミネラルウォーターの罎なら、もっと容易に入手できたでしょう。どの資料にも、罎が三つとあるきりで、なんの罎だかは記されていません。よく冷えたガラス罎入りのヴィッテルを、ぼくはカフェやレストランでよく飲んでいました。しかし、この挿話を読んでから、しばらく口にできなくなってしまったのです。地中からの湧き水を詰め、それを空にし、水でないものを入れて土に埋め、また掘り出す。動かない定点のやりとりが、やがて失われるはずの言語を世界に残すタイムカプセルになったのです。彼女は掘り出した詩篇を見て、どんな気持ちになったでしょうか。緊張感なく取り出せたはずはありません。三つの罎は、かちかちとぶつかって音を立てたことでしょう。ぼくはいま、頭のなかで、遠くない時代の、まったく想像のうちにしかないガラスの音を、たばこ屋のガラスケースの向こうでじっとこちらを見ているおばさんの、ぱちんという小銭をぶつける音に重ねています。ヴィッテルの罎に『ばらの騎士』のチケットが丸まって入っていたら、どれほど皮肉な展開になっていたことか。

腫れもののできた眼は、水洗いします。塩素の入った水道水で洗い、それから抗菌の眼薬を差します。ヴィッテルだったら、もっとよく効いたかもしれません。そう、まったく不用意にぼくはあれをつぶしました。無言の刑を終わらせる『上を向いて歩こう』の上は、例の宇宙飛行士のように、上下左右のない、あえて仮構した方角だったと思うことにしています。「われらが上方とよぶその不可思議な方角へ」向けられた眼にも、だれにもつぶすことのできない腫れものがあったのです。破れた瞬間のことは記憶にあります。あのできものは自分の外にあり、かつ内にある、小さな湖でした。指先でそっとなぞると、指の皮と薄い漿液《しょうえき》をたたえた膜がひっついて、どちらがどちらの属性なのか判然としなくなるのです。指で触れているのか、触れられているのか。あのときぼくは「破れた」というより、「破られた」と感じました。そして、「破った」とも感じたのです。それは、爆発を最小限に抑えるための、一種の「解除」でした。なにを「解除」したのか。存在を。戸惑いを。恋心を。歌声を。音痴の言い訳ではありません。ぼくがはじめてきみの肌に触れたときの感触がまさにそうでした。プリーモ・レーヴィがみなと歌ったイディッシュ語の四行詩は、口にして声に出すと腫れもののようにつぶれてしまう言葉だったのです。それがつぶれたことを知って無言の刑をぼくに科したきみは、まちがいなく吟遊詩人になれるでしょう。少なくともぼくの罪科を挙げる頼もしい語り部として。

ヴィッテルの小罎は埋もれた火です。地中に埋められた灯台です。そこから聞こえてくる歌声は、編み糸で結ばれたまま耳にしていたタイプライターの音ときみの心臓の鼓動です。そして航路標識の背後にあるさまざまな道標です。カッキョク、カッキョク、カッキョク、地上保安庁がヴィッテル灯台の気象状況をお知らせします。時刻、十二時五十五分、ヴィッテル灯台では、東の風、風力八メートル、波の高さ不明、おわり。地上保安庁、こちらはヴィッテル。さようなら。

また書きます。つぎはもっと明るく、上を向いて歩けるように。

寒い寒い、初春の月の下で

十一通め

『やぎさん　ゆうびん』。あなたの可愛い姪っ子さんが好きな歌でした。私が面白がって、例の王子ドナルドで泣かせたあとも、すぐに機嫌を直し、ヒヨコのおしゃぶりとウサギのガラガラをやぎに見立て、二つをくっつけたり離したりしながら楽しげに歌っていました。ヒヨコもウサギも到底やぎには見えず、そのうえ色は黄とピンクでしたが、どちらがしろやぎで、どちらがくろやぎの役だったのでしょうか。まさに詩の持つ永久の堂々巡りに身を任せるようにして、いつまでも見えない手紙をあっちにやったり、こっちにやったりしていました。仲間に入れてもらえない王子ドナルドが、ソファーの下に放り投げられ、しょぼくれていた姿が目に浮かびます。

そして、そんな彼女の様子を私たちもまた、飽きずに眺めていたのです。

「僕たちが面倒を見ているから、映画でも買い物でも、息抜きをしてきたらいいよ」

と言って、あなたは妹さんに出掛けるよう勧めましたが、姪っ子を独占したいからだと私には分かっていました。ママの姿が見えなくなっても、歌に夢中の彼女は気づきません。王子ドナルドさえ目に入らなければ平気です。床にぺたんと座り込み、自分の両膝の右と左におしゃぶりとガラガラを置いています。手紙を届ける時は、膝の山を越えて行かなければなりません。手紙というものは離れた場所にいる誰かのためにあると、なぜこんな幼い子が知っているのか、私たちはただ無言でその謎を見つめるばかりです。おしゃぶりを握る指先の爪、スカートの裾からはみ出すふくらはぎ、よだれで赤く滲んだ唇、そこから途切れなくあふれ出てくる歌……。彼女にまつわるすべてが私たちの心を奪います。目の前にいる小さな存在そのものが、不思議の塊です。まどさんの詩に終わりがないことに、私たちは感謝します。おかげで思う存分、彼女の歌を聴いていられるからです。本当にやぎさんの手紙を届けようと思ったら、ソファーの下の暗がりに置き去りにされた王子の助けが必要だということに、彼女は気づいていませんでした。ドナルドの切手さえ貼れば、やぎさんのごようじは無事、山の向こうへ届いたでしょうに。

誤解を恐れず告白すれば、一人遊びに興じる姪っ子さんを見守りながら、私は彼女をもっと泣かせてみたい、という自分でも訳の分からない欲求に取りつかれていました。あなたに気づかれないよう、その欲求を無視するには、かなりの忍耐が必要でした。もちろん姪っ子さんが憎たらしかったのではありません。逆です。可愛らしさが究極を突き抜けて、矢印が真逆を向いたまま私の心に刺さった、とでも言えばいいのでしょうか。

さあ、王子を拾って、ちょっと声色を使いながら顔に近づけるだけでいいんだ、そうすれば非常ベルが鳴り渡るように一瞬にして時間が止まり、暢気なやぎなどけ散らされ、手紙は燃え上がり、幼子は泣きだす。たちまち歌は泣き声に取って代わられ、涙は鼻水と一緒になり、小さな目とは不釣り合いに大きな雫となって、顎の先から滴《したた》り落ちる。幼子は全身で泣き続ける。自らの泣き声に閉じ込められる。どこが果てなのか、誰にも決められない。『やぎさん　ゆうびん』と同じだ。ほら、ソファーの下だ、お前がピンキング鋏で作った不細工な縫いぐるみだ……。そう、誰かが耳元でささやいていました。そのささやきを打ち消すため、私は声にならない声で、彼女よりもずっと一生懸命に、『やぎさん　ゆうびん』を歌っていました。

そう言えば確か、まど・みちおさんの詩集が本棚にあったはずだと思い出し、ヘルパーさんに朗読をお願いしました。

「どうして何段目の右から何冊目と、正確に分かるのですか」

朗読をはじめる前、指示された通りのところに詩集があったことに、ヘルパーさんはまず感心していました。

「我が家の戸棚なんて何がどこにあるやら、ぐちゃぐちゃですよ」

そのあとひとしきり整理整頓の面倒さについてお喋りがあり、なかなか朗読がはじまらなかったのですが、それはいつものことです。話好きで人懐っこい、とてもいいヘルパーさんです。内容にはお構いなく、どんな本でも大きな声ではきはきと読んでくれます。

途中、こんな詩が心に留まりました。『いくら　なんでも』という題名です。

にんげんには
なく
わらう
うたう
はなす
いのる

ささやく
さけぶ
いう
などと　つかいわけるのに
ただ
なく
だけでは
いくらなんでも　わるいではないか
スズメや
セミや
ブタや
ウシや
カエルなんかに…
いくらなんでも…

いいえ、そんなことはありませんよ、と思わずまどさんに声を掛けてしまいそうになりました。たとえ昆虫や動物たちが、笑ったり歌ったり話したり祈ったりしている時に当てはめる言葉がなかったとしても、別に悪く思う必要はありません。それどころか逆に、余計な言葉を持っていない彼らを羨むべきなのです。なく、という一言があれば、それで十分です。なく、にはすべてが含まれています。とうの昔にそのことを悟った彼らは、大騒ぎなどせず、自分たちの声帯に見合った音でなくだけです。

まどさんが詩に挙げた中で、今私が他者に伝えることのできる行為は、一つしかありません。なく、です。涙は、筋肉など使わなくても、閉じたままのまぶたの縁から自然とあふれ出てきます。なぜでしょう。小指一本、眼球一つ、自由に動かせない自分が、なぜ苦もなく涙だけは流すことができるのか。それは体のどの場所で、どんな動力と神経の信号によって生成され、目の縁まで運ばれるのか。いくら考えても分かりません。でも、たった一つできることが、スズメやカエルと同じなのだ、と思うと少し心が晴れます。

私が一番好きな詩は『ことり』です。堂々と泣いてやろう、そんな気持ちになります。

そらの

しずく？

うたの

つぼみ？

目でなら

さわっても　いい？

ポッチが死んで、もう二度と小鳥は飼うまいと決心して以来、野鳥を見るたび、ああ、これは人の手に触れることが許されていない生きものなのだな、と実感するようになりました。小鳥は簡単に握り潰せてしまいそうなか弱さだけでなく、最終的な何かに生まれ変わる、途中の段階に留まっているかのような神秘をたたえています。まどさんの言う通り、つぼみです。ただその途中に掛かる時間が人間の尺度を超越しているため、まだ誰もつぼみが開いた姿を目にしていないのです。その証拠に、空を飛べるのは鳥だけです。彼らだけが、人間など及びもつかないはるかな場所へ向かおうとしています。人間がその邪魔をしてはいけません。

ポッチが死んだのは、私が手乗りにしようとして、しょっちゅう羽を撫でたり、掌で包んだり、ポケットに忍ばせて学校へ連れて行ったりしたせいに違いありません。一回羽に触れるたび、私は彼の寿命を剝ぎ取っていたのです。彼の美しいさえずりは、空の先に行って待っている愛しい人への呼びかけだったのに、私はそれを自分に捧げられた歌だと思い込んでいました。本当に図々しい間違いでした。

けれど今は自分ほど上手に小鳥と心を通わせられる人はいないと自負しています。メジロやヒヨドリが庭にやって来てさえずる朝、私は彼らをまぶたの裏側で優しく撫でてやります。まぶたは、小鳥が触れるのを許してくれる唯一の場所です。

今回、あなたからのご返事がとても遅かったので、待っている間、手紙のことを考えるたびに泣いていました。いつか終わりは来るものなんだからと、自分を慰めてみたり、何て安っぽい感傷的な言葉なんだ、と自嘲してみたり。おかしいですね。

でも、そんな自分を、もう一人の私は不思議そうに眺めていました。何かをしようとしてできない事態にはもう慣れっこですが、やめようとしてもやめられない体の動きが、まだ残されていることが新鮮だったのだと、まどさんの詩に触れた今では理解できます。

そもそも、返事など届くはずがないと分かりきったうえで書きはじめた手紙です。

最初から、何であれ待つ必要はなかったのです。あなたの音痴をからかった一通が最後になったからと言って、誰が不都合をこうむる訳でもありません。永遠に行き来できるのは、やぎさんの手紙だけです。

しかし、私が本当に泣いたのは、待ちに待った返事が来て、その中に船舶気象通報の記述を見つけた時です。

「おわり、さようなら」

たちまち、あの長篇詩を朗読していた声がよみがえってきました。すっかり忘れ去ったつもりでいたのに、それは単なる油断にすぎなかったのです。地球を丸ごと見渡せる宙の一点にぽつんと留まった、男か女か、生きているのか死んでいるのかも不明の何者か。〝カッキョク、カッキョク、ミリバール、ミリバール〟と鳴く、鳥に似た声を持つ誰か。

あの人は今でも元気でしょうか。新しい機器が発明されても、お役所の事情が変わっても、やはりたった一人、朗読を続けているのでしょうか。

自分の声がどこへ行き着くのか確かめる術もないまま、暗闇に取り残されているその人の姿を思い浮かべているうち、どうにもできなくなりました。決して返事は戻ってこないと承知しながら、それでも声を発し続けている後ろ姿は、か細く、輪郭が闇にかすんで、今にも消え入りそうです。律義に繰り返される「おわり、さようなら」

のあとに伝わってくる背中の震えだけが、微かな目印です。

やはりそれは鳥なのかもしれません。背中に見えるのは羽です。その震えは、長い飛行ののち、ここで間違いないかどうか確かめるために旋回し、やがて見定めた一点へと舞い降りる鳥が、一度だけぶるっとさせる尾羽の動きに似ている気がします。自分の描く軌跡のあまりの果てのなさに、めまいを起こしたかのようです。

「おわり、さようなら」

その一音、一音が、震えの暗闇に吸い込まれてゆきます。

だとすれば声の主は、仲間の先頭を切って進化の最終地点に到着した勇者、ということになります。後ろ姿に表れる圧倒的な孤独は、勇者に相応しい勲章です。もしポッチならば光栄です。彼は十分な資格を持っています。何と言っても〝一人ぽっち〟のポッチなのですから。長篇詩の朗読は、後に続くものたちが道に迷わないための信号、くたびれ果ててうずくまるものたちへの励ましです。

でも、おわりで、さようならじゃないか。私はもう一度この言葉をかみしめます。すると正反対の考えがよぎります。ああ、そうか、逆だ。仲間が全部去って行ったあと、一人取り残された迷子なんだ。詩は、私には構わずお行きなさいという別れの言葉であり、それが長篇なのは、最後の一行を口にする決心がつかない未練の表れなのだ。

私が何を言いたいか、あなたは既にお見通しのはずです。あなたと並んでソファーに座り、一緒に耳を傾けていた無線機から流れていたのは、未来の私の声です。永遠の詩を朗読している未来の自分がどんな場所にいるか、それが分かったから泣いたのです。あれは、まぶたの裏側の暗闇から届いた声でした。

涙はいくらでもあふれてきました。ソファーであなたの指に触れた時、その手を振りほどいてあなたが私の知らない町へ旅立った時、もう二度と会えないことがはっきりした時、本当は流すはずだった分を補おうとするかのように泣きました。あるいは姪っ子さんを泣かせた罰を受けるように、泣き続けました。ヘルパーさんが黙って涙を拭いてくれました。

「ちゃんと元あった場所に戻しましょうね。どこにいったか分からなくなるといけませんから」

と言ってヘルパーさんは、『まど・みちお詩集』を本棚に仕舞いました。きっとあなたもそうでしょうが、図書館のように系統立てて分類などしなくても、自分の本棚については自分なりに把握していて、どのあたりにどんな本があるか、たいていは分かるものです。背表紙の色合い、タイトルと作者と出版社の文字のデザイン、紙質やサイズの違い、等々によって生み出される独特の風景が、本棚にはあります。右真ん中より上は暖色系でややでこぼこしている。左下隅は角ばってどっしりしている。または偶然並んだ本のタイトルの連なりが、印象深い一行になって、まるで自分だけの新たな物語がそこに隠れているかのように思える一角もあります。『あしながバンビ車輪の下』、『変身ハツカネズミと二度ベルを鳴らす』、『ライ麦畑で晩餐会失格』。こんな感じです。

ですからヘルパーさんに感心されるほどのことでもありません。本棚も、そこに並ぶ特別に大事な数冊の中身も、最も安全な保管場所、脳内に仕舞ってありますから大丈夫です。ヴィッテルの小壜に隠され、土の中に埋められた詩稿と同じくらい安全なはずです。

けれど旅行鞄の把手の革に縫い込まれた方はたぶん、アウシュヴィッツに到着してすぐ、プラットホームで持ち主と離れ離れにされたはずです。今もアウシュヴィッツに保管されている、持ち主を失った大量のトランクを一個一個慎重に調べてみれば、隠された言葉がまだ発見されるかもしれません。もちろん、こっそり運び込まれた貴金属類を没収するため、トランクの二重底や隠しポケットは調べられました（そうした作業をさせられたのもまた同胞の囚人たちで、特権的な仕事であったために、一定期間の後、ガス室へ送られるのが常でした）。その際、ノートや日記や手紙や論文などがついでに出てくることはあったでしょうが、それらが焚火の材料以上に顧みられたとは思えません。たとえ持ち主にとっては、宝石以上に大事なものだったとしても、です。

V・E・フランクルの『夜と霧』の中に、こんな場面があったのを思い出します。アウシュヴィッツへ到着してすぐ、消毒のための準備室で、フランクルは外套《がいとう》の胸ポケットに仕舞っていた紙の束を何とかして取っておきたい、と古株の囚人に申し出るのですが、情け容赦なく、口汚い一言で切り捨てられます。貨車での厳しい旅の間もずっと手放さずにいたその紙の束は、学術書の原稿でした。

髪や靴や眼鏡や歯ブラシと同様、アウシュヴィッツの見学コースに展示されているトランクは、天井にまで届くほどの高さに積み上げられ、部屋中を埋め尽くしていました。それらの多くには、あとでちゃんと自分のところへ戻ってくるようにと、白ペンキで大きく名前と住所が書かれています。大きな革のトランクの隙間には、籐で編まれた子ども用のバスケットが見え隠れしています。

それらのトランクたちに秘密の隠し部屋があって、言葉が潜んでいないと誰が断定できるでしょうか。イツハク・カツェネルソンが把手の革に縫い込むという斬新な方法を編み出したように、切羽詰まった人々が命にも等しい紙切れを忍ばせるための空洞をどこに見出すか、私たちにはきっと想像できないはずです。留め金を割った隙間に折り畳む、鍵穴の中に押し込める、ステッチ用の糸に絡ませる、圧縮して飾りボタンに偽装する……。複写された詩句が、速記文字になった原稿が、誰の目に触れることもないまま眠り続けています。トランクたちは忠実に任務を守り、沈黙を装っています。そんな無数の言葉たちの中に、マルゴーの日記も含まれているに違いありません。現実の世界にありながら幻となってしまった言葉たちが納められる本棚に、並んでいるのです。

　本棚の上に、額に入ったあなたの似顔絵が飾ってあります。あなたの写真はすべて燃やしたのですが、その絵だけはなぜか捨てられずに残っています。八十代後半の老人になったあなたの似顔絵です。

　どこを旅した時だったか、美しい湖があってボートに乗ったことだけは間違いないので、山あいの小さな町だったのでしょう。朝ごはんを食べ終え、汽車の時間まで散歩でもしようと宿の裏にある丘を登ってゆくと、こぢんまりした城址《じょうし》公園へ行き着きました。ちょうど休日で、市民の憩いの集いが開催されるらしく、準備がはじまっていました。テントを組み立てたり、長テーブルを並べたり、看板を掲げたり、作業をする人たちの姿が見えました。〝サクランボ種飛ばし競争〟、〝小動物ふれあいコーナー〟、〝羊の毛刈りショー〟、〝手作りアップルパイコンテスト〟、いろいろと面白そうな催しが開かれるようでした。

会場の一番奥、芝生の地面に白い絨毯《じゅうたん》が敷かれているだけの一角がありました。毛足の柔らかい、触り心地のよさそうな大きな絨毯です。ここでは一体何が行われるのか、あなたと私のお喋りが耳に入ったらしく、欅《けやき》の木陰にいた人が声を掛けてきました。

「ハイハイ競走ですよ」

穏やかな目つきをした、清潔な感じの若者です。レジャー用の折り畳み椅子に腰掛け、別に何をするでもなく、水筒に入れたコーヒーをのんびり飲んでいます。

「絨毯の端から端まで、一番にハイハイできた赤ちゃんが優勝です」

私たちはうなずきました。

「ゴールで待ち構えるパパとママが、玩具で釣るんです。憩いの集いでは、最も人気があります」

一番人気と言っても、まだ赤ちゃんの姿は一人もなく、ゴール付近に玩具が並んでいるだけで、絨毯の上はがらんとしています。

「毎年、ケーブルテレビのニュースで流れるのを、皆楽しみにしていますよ」

よく見ると若者の足元には、絵具箱や水入れや画板が、木陰の中に納まるよう几帳面に置かれています。

「似顔絵描きです、赤ちゃんたちの」

私たちが質問する前に、若者は全部答えてくれましたが、その口調は控えめで、厚かましい雰囲気はありませんでした。風が吹くたび、若者の目元に差す木漏れ日が揺れていました。

「案外、評判がいいんですよ。行列もできるくらいで。赤ちゃんがハイハイする時期は、ほんのわずかですからね。来年にはもう参加できません。だからやっぱり何か記念が欲しいんでしょう」

移動動物園のトラックが到着したらしく、あたりは急ににぎやかになりました。鶏か犬か羊か、区別のつかない鳴き声が、風と一緒に聞こえてきましたが、相変わらず赤ちゃんを待つ絨毯の上だけは静かでした。

「でも、僕が描くのは今の顔じゃありません」

若者は言いました。

「僕の専門は、未来の似顔絵です」

えっ、と私たちは同時に声を上げました。

「どういう意味でしょう」

初めてあなたが質問しました。

「赤ちゃんが大きくなった顔を想像して描くんです」

「どれくらいの未来ですか？」

今度は私が質問する番です。

「それはもう、十年先、二十年先、五十年先、ご希望通りに何年でも」

若者は答えました。

あのような形の似顔絵描きは、珍しくないのかどうか。少なくとも私はあの時以来、出会っていませんが、世界の各地を探せば、観光名所やお祭りの片隅に座っているものなのでしょうか。

とにかく彼は目の前にいる人の骨格、目鼻立ち、肌の特徴などを観察し、将来どんな顔になるか推測します。それを紙の上に写し取ります。法医学を学びながら美術学校にも通っている、と言っていました。行方不明になった子どもが、どんな顔に成長しているか似顔絵を作製し、捜索に協力しているという話も聞きました。間違いなく、特別な技術の持ち主だったはずです。しかし技術の問題とは別に、日の光を吸い込む瞳が印象的でした。何色なのか、なぜかその種類をはっきりと意識することはできません。奥が深すぎて、色の屈折が表面にまで届いていないかのようでした。色ではなく、深みに満たされた瞳なのです。

ハイハイ競走に参加する赤ちゃんなら、じっとなどしていないはずです。訳も分からずハイハイさせられ、人目にさらされ、嫌気がさしてぐずる子もいれば、くたびれて眠ってしまう子もいるでしょう。それでも彼の目は、皮膚の下に隠れた頭蓋骨の微妙なライン、各パーツのバランス、肌と髪の質等々、あらゆる部分に潜む変化の予兆を見逃しません。誰も見たことのない、描かれる本人でさえまだ出会っていない顔を、彼は見つめています。それは、確かにこの世に存在しながらいまだ存在していない顔です。

「もしお時間があるなら、描いて差し上げますよ」

若者が言いました。

「代金はいりません。その日最初のお客さんには、サービスすることに決めているんです」

若者の口元には感じのいい笑みが浮かんでいます。

「えっ、いいんですか？　時間ならたっぷりあります」

思いがけずあなたが乗り気な姿勢を示した時、嫌な気分がしました。相談もなく勝手に決められて不意を突かれたような、お金を払わないことでかえって気が重いような、何とも言えない気分です。けれど私が口を挟む余地もなく、あなたは若者の正面に腰を下ろし、彼は水筒を置いて絵具箱を開けました。トラックから降ろされ興奮しているのか、移動動物園からは一段と大きな鳴き声が聞こえていました。

「何年後にしますか？」

「五十年で、お願いします」

とっさに私は答えました。別に何年でもよかったのです。旅先でお土産物屋をのぞくのと同じ、単なるお遊びみたいなものです。しかし自分でも説明のつかない確信に突き動かされるようにして、五十という数字をはっきり口にしていました。

今なら、あの時の自分の心情が分かる気がします。五十年後、この似顔絵を見て似ているかどうか確かめるのが楽しみね、という無邪気さを装いながら、きっと五十年後のあなたには出会えない、事情は分からないけれど、五十年後の私たちは遠く離れ離れになっている、というありありとした予感に怯えていたのです。

「了解です」

若者は画板に用紙をセットし、絵具箱からパレットと筆を取り出すと、あなたを見つめました。その深い瞳で、あなたの目の中に潜む地層の底を見通しているのだと分かりました。やっぱりやめた方がいい、という後悔が一瞬よぎりましたが、もう手遅れでした。気づくと若者は、さほど迷いもせず、一息に筆を動かしていました。

出来上がった絵はなぜか横顔でした。じっくり眺める勇気はなく、愛想よく微笑む振りをして横目でそっと窺《うかが》うことしかできませんでした。その表情は、タイプを打つ時のあなたにとてもよく似ていました。

「さあ、どうぞ」

当然のように若者は私を促しました。

「えっ、私もですか？」

「もちろん」

素直な口調でした。とても逆らうことなどできない真っすぐな眼差しでした。

自分の似顔絵がどんなふうだったか、正直、あまり記憶にありません。私たちはそこで描いてもらった自画像を交換し、各々のスーツケースの底に仕舞って帰り、以降、互いに見せ合う機会もないまま今日に至りました。自分の絵がぼんやりしているのとは正反対に、あなたの横顔は額に飾られ、本棚の上、つまりは私の脳内の地中深く埋められています。

「こちらは、どなたですか？」

時々、初めてのヘルパーさんに尋ねられます。

「お父様ですか？」

と言われることもあります。うなずくでもなく、首を横に振るでもなく、私はただ黙るばかりですが、誰一人失礼に思ったりはしません。文字伝達装置の接触が悪いのかな、と思うだけです。

相変わらずハイハイ競走の出場予定者が姿を見せる気配はありません。欅の木陰にいるのは若者と私たちと出番を待つ玩具だけです。少しずつ明るさを増す朝日が白い絨毯を照らしています。オムツで膨らんだお尻を上下させながら、よだれや涙や吐いたミルクでその白色に思う存分染みをこしらえるだろう赤ちゃんたちを、応援する時間はなさそうです。汽車の時間が近づいています。

　私たちは礼儀正しくお礼を言い、若者と別れ、片手に似顔絵を握って丘を下りました。いつまでも私たちを追い掛けてきた移動動物園の鳴き声も、やがて遠ざかってゆきました。

〝カッキョク、カッキョク、ミリバール、ミリバール〟

　思い返せば、そんなふうに鳴いていたような気もします。だとすれば、ハイハイ競走のゴールには、姪っ子さんのおしゃぶりとガラガラ、白と黒のやぎ、そして王子ドナルドも一緒に並んでいたはずです。

　あの若者が似顔絵を描いた行方不明の子どもたちは、無事発見されたでしょうか。決して自分がたどれない時間にいる私の似顔絵は、まだあなたの手元にあるでしょうか。

　めそめそした手紙でごめんなさい。

『華氏451度』の朗読を聴いている宵に

十二通目

鳥の接吻という表現があります。軽くてやさしい、触れるか触れないかの、微妙な距離の詰め方です。まど・みちおの『ことり』は、その言葉数の少なさで鳥の接吻そのものをみごとに表していますね。しずくもつぼみも、こうして文字で記されると、輪郭のはっきりしない、この世に存在しないもののような気がしてきます。

目でなら
さわっても　いい？

鳥はそのくちばしで、そっと飼い主に触れてきます。むかし、手乗りのインコを飼っていたころ、口中のくぼみに溜めた唾液を、ピンクのくちばしでつつかせていたことがありました。鳥かごの水を飲ませるよりも、自分の体内から湧き出てきた液体を飲ませた方が親密になれるのではないかと考えたのです。はじめは恐る恐るでした。大きく口を開くとインコはすぐに腕を伝って肩にのぼってきます。顔を向けてやると、その小さな頭部は口のなかにすっぽりおさまって、ちょんちょんと味を確かめるように何度も頭を上下させました。小鳥はただ軽いだけではありません。軽さというものを物質化して、それを抱えているのです。鳥たちが「最終的な何かに生まれ変わる、途中の段階に留まっているかのような神秘」をたたえているというきみの解釈に、ぼくも賛同します。飛んでいるときには伝わってこないその神秘が、実際に触れてみると明らかになるのです。あのカッキョクの声も聞こえてきます。

小鳥の鳴き声を、フランス語で cui-cui と言います。各局、各局、ではなく、キュイ・キュイ。カ行の音が不思議と耳に心地よいですね。ぼくのなかのもうひとりのぼくが、きみの写真を撮りたいと言ったとき、きみは最初、ストロボを焚く通常のカメラでの撮影を認めてくれませんでした。おじいさんが使っていたという古い箱型の、胴体が蛇腹になっている大時代なカメラでなら、つまりロールフィルムではなく大判のシートフィルムでなら写されてもいいと言ったのです。

今度のきみの手紙の、あの似顔絵描きの青年との会話を読んでひとつ思い出しました。湖畔の家で写真を撮るときに、きみはポッチのことを話してくれたのです。いや、ふたりで過ごすようになって、きみは子ども時分の話をよくしてくれるようになりましたから、ポッチのことはその後に聞いたのかもしれません。ひとりポッチのポッチ。上を向いて歩く、その顔を向けた空の彼方にいるポッチ。黎明期のカメラは、露光にながい時間がかかりました。被写体は写真家がよしとするまで微動だにせず、口も閉ざしたまま時間を過ごさなければならなかったのです。家族の集合写真では、小さな子どもも参加しなければなりませんが、動かないでいるという状況に彼らは慣れていません。大人でさえ難儀なことだったのです。

　そこで写真家たちは、被写体の集中力を持続させるためにある方法を考案しました。カメラの暗箱のなかに小鳥が入っているという芝居を打ったのです。はい、よろしいですか、ここから小鳥が飛び出しますからね、よく見ていてください。何人もの時間を止め、未来に向かって現在の一瞬を切り取るのに用いられるのが、概念上の小鳥でした。ぼくの口中の液体をつついた鳥たちが、目の前の黒い木箱から飛び出し、写真館じたいが小鳥のおかげでカメラ・オブスクラになります。はい、チーズ、というあの奇妙な呪文ではなく、完結した一文で「さあ、鳥が出てきますよ」と一同の目を引きつけるのは、不可視のその鳥が、被写体全員を時間の外に持ち出す装置になっているからこそなのです。鳥のかわりに、写真家が声を出します。キュイ・キュイ、キュイ・キュイ。ときどきそれが、キーウィ、キーウィと聞こえることもあります。空を飛ぶことをやめ、地上に暮らすことを決意してすばらしい翼を捨てたあのニュージーランドの鳥とおなじ声です。彼らはとても小鳥とは呼べない大きさですが、羽を持たないということも、「進化の最終形態のひとつ」と認めていいのではないでしょうか。さよならを告げて飛び立ったあと、彼らはどこに向かうのでしょう。ぼくたちの知っている未来に飛んでいくのか、それとも知らない過去に向かっていくのか。宇宙空間で母国の崩壊を知らされた男の話に衝撃を受けた翌年のこと、当時借りていた部屋の、前の住人が残していった古いテレビで、ある晩、一篇のドキュメンタリーを観ました。ブラウン管の正面がほとんど球状に膨らんでいるため、中央と角で色彩の濃淡も映像の輪郭もちがってくる、いかにも東欧系の国で製造されたものらしい無骨な機器です。部屋の灯りを消して闇のなかに置くと、宇宙船の内部を小窓から覗いているような錯覚に陥ったものでした。番組は、カナダのオンタリオ湖の近くに住む彫刻家が、自作の超軽量動力機を操って、グースといっしょに空を飛ぶ夢を叶えるまでの物語でした。彼は幼少時から飛行機が大好きで、パイロットになるのを夢見ていたのですが、色覚に異常があって道を断たれ、自力で飛ぶための飛行機の制作を開始したのです。そんなある日、彼はテレビで、どこかの湖でボートに乗った男がグースの群れを引き連れている映像を目にしました。そこでひらめいたのです。これが水上できるのなら、空でも可能ではないかと。そして、機体を改良して長時間の安定飛行を実現すると同時に、鳥の刷り込みの本能を利用してグースたちに自分を親だと思わせ、つねに群れをなして機体の後ろをついてくるよう訓練したのです。

　その日がやってきました。とうとう空に舞いあがったのです。彼らは文字どおり雁行しながら、いっしょに空を飛んだのです。男の少年じみた夢が、ところどころ色飛びした旧式のブラウン管のなかで再生されていくにつれ、ぼくもしだいに、彼らグースとおなじ高度、おなじ速度で、おなじ方向に向かって空を旅している気持ちになっていきました。

　やがてこの成果は、ひとりの男の夢を超えていきます。鳥たちと群れをなして飛ぶことができるなら、親鳥としてあたらしいルートを教えられるのではないか。以後、代々反復されていくだろう道を指し示すことが可能になるのではないか。渡り鳥の航路は、本能の力だけでなく、親から子へ、何千年ものあいだ伝えられ、学習されてきたものです。地表が人間によって破壊され、景観が変わっても、伝来の空の道をあやまたずに飛びつづけてこられたのは、不動の指標があったからなのです。ある渡り鳥の群れは移動中に内海を横切るのですが、飛行距離や地理的条件を考えると、かならずしも合理的なルートとは言えません。体力を温存したいのなら、水上の飛行距離が短い海峡を選ぶはずです。にもかかわらず、鳥たちは最短距離を選びません。途中で羽を休める場所もないところを、あえて一直線に突っ切ろうとするのです。

なぜそれほど無謀な試みをするのか。鳥類学者が不思議に思って、彼らの航路を考古学や地理学の成果にもとづく地図と照らし合わせてみたら、命を賭した冒険とも思えるその道筋こそ、かつて最も安全なルートだったことが判明しました。太古の海は浅瀬で、ところどころに岩場があり、羽を休める場所があったのです。自然の巨大な力で地形が、海の形状が変わってしまっただけなのです。彫刻家が導いた鳥たちは、以後も指標のない空の道を季節とともに移動し、行き来するようになりました。彼の発想と実験の成果は、そこで渡り鳥の生存の危機を救おうとする学者たちの夢と結びつきます。乱獲や極端な気候の変化によって宿営地の環境が悪化し、おなじルートの往復が身を危険にさらすことになっても、渡り鳥は継承されてきた航路を変える術を持っていません。命を懸けて、存在しなくなった原初の航路を守り抜くのです。それはある意味で進化の過程をさかのぼり、いちばん最初にその道を飛んだものたちの時間に舞い戻ることだったはずです。曲折を経て、彫刻家はカナダガンの飛行ルートを変えたばかりでなく、群れを安全な越冬地に導くことに成功しました。一連の出来事は、彼自身のプロデュースによって映像化され、数年後には映画にもなっています。それほど尺のない番組を見終えて、ぼくは呆然としていました。空を飛ぶ自分だけの船を製造し、鳥たちと宙に舞い、おなじ方向を目指すという奇跡に深く心を動かされると同時に、人間の思いあがりとでも言うべき負の要素をも感じたからです。鳥の渡りが持つある種の無謀さ、力尽きるまで羽ばたきをやめない大飛行の本質を、不当にゆがめているような気がしてならなかったのです。この学術的な試みは、さあ小鳥が飛び出してくるからねと時の静止を促し、促しながら未来へ進んでいくあの古い写真機を用いた撮影が示唆するのとは、べつの方を向いています。船舶気象通報の灯台めぐりのように、ルートと距離が決まっていて、あとは気象条件をクリアすれば目的地にたどり着くといった単純な話ではありません。どこかに姿を消してしまう行きっぱなしの鳥たちの悲劇を、心を鬼にして肯定するべきだったのです。

それにしても、やさしさと残酷さが表裏したきみの心のフィルターを通過すると、ものごとの輪郭がふだんより鮮明になってきますね。なにもないはずのところからなにかをもらって、それを感じられない第三者に取りついでいくきみのような能力の持ち主と離れてしまったことに、ぼくの長期にわたる踏み迷いの源があるのだとつくづく思います。きみの声が、文字が、薄れていくような気がするのは、こちらの感覚が劣化しているからでしょう。ぼくが消えれば、きみも消える。ぼくが存在しなければ、ぼくを思うきみはいなくなる。あるいは、失礼な言い方ですが、生と死を橋渡しするきみの活力が、わずかに衰弱しているのかもしれません。なにか、できることはありませんか。不安でならないのです。心がへんにざわつくのです。あのときの、カッキョク、カッキョクという細く震える糸電話のような声が「未来のきみ」からのものだったと考えると、以後の人生において腑に落ちることがたくさん出てきます。また、それまで幾度も放送を聞かせようと思いながらためらってきたことにも説明がつくようになります。

ぼくはたぶん、怖かったのでしょう、ふたりのあいだの距離を確認することが。電波は隔たりを大気中に溶かします。離れていることを忘れさせてしまうのです。けれど、媒介者としてのきみの力が遺憾なく発揮されるには、どうしても距離が必要でした。距離をつくり直すには、あの灯台からの声を不安定に揺らすしかありません。聞こえなかったり雑音に飲まれたり、飛び飛びになったりする声に、ひたすら同調するほかないのです。すぐ隣にいながら距離を設けるとは、なんと無慈悲なことでしょう。きみとぼくのあいだを往復する鳥たちの渡りのルートの確認は、どちらか一点がつねに本来の場所からずれていくのを容認することでもあります。矛盾した状況を認めるということです。おわり。さようなら。あの極度に淋しい声は、たどり着けない異星からの通信に等しいのです。

鳥が本能的にたどるべき渡りの道を人間が指し示してやることについて一抹の疑念を感じると言ったのは、そこに関係してきます。この島国になじみのある渡り鳥と言えば、北からやってきて、また北へ向かう鳥たちですが、彼らはなぜ極寒の地へわざわざ危険を冒して飛んでいくのでしょう。中学校の理科の授業で、地軸は公転面に対して垂直な方向に、二三・四度傾いている、と教わりました。地球が一年かけて太陽の周りをまわる公転面に対してであれば、九〇度からその分を引いた六六・六度と言い換えることもできます。この偶然の傾きが地球に豊かな季節をもたらしているのです。

北の町に生まれたある詩人が、ひとつの発見をしました。科学的、学問的根拠のまったくない、純粋に詩的な直感です。詩の根源がどこにあるのかについて深く考察を重ねた末に、それじたい一篇の詩のような、突拍子もない仮説をとなえることになったのです。彼、つまり吉田一穂《いっすい》はこう述べました。渡り鳥が北へ帰るのは、極への回生だと。永久凍土と氷雪に覆われた寒気の海の下に、先ほどの浅瀬に相当する豊かな緑地が眠っていて、彼らが向かうのは、先祖代々伝わる幻の温暖地だというわけです。かつて地球が、公転面に垂直な方向から三〇度傾いていたと考えればつじつまが合う。この角度をもとに算出した極地へと鳥たちは向かっている。そう述べたのでした。

ぼくがその群れの一羽だとしたら、あるいはきみがそうであるとしたら、言葉に載せきれなかった想いはどこにもない緑地へと送られるでしょう。引き返すことのできない幻の極地へ去った鳥たちは、カッキョク、カッキョクと頼りないビーコンを送りつづけるほかありません。受信できるかできないか、ほとんど賭けでしかない言葉が送られるのです。それはヘルパーさんの助けなしに、きみひとりでこなしている文字伝達装置に似ているかもしれません。

*

城址公園のある小さな湖畔の町。水深こそあまりないけれど、バイカル湖なみに透明度の高いあの湖のほとりの宿に荷物を置いて、ひと休みする間もなく、ぼくたちはすぐにボート乗り場に向かいました。乗る乗らないを確認する必要はありません。そこに湖がありボートがあれば、かならず乗る。それが決まりだということは、以前、きみも書いていました。ただし、あの湖畔の一日はいつもと少し調子がちがっていました。きみの記憶のとおり、休日で人出が多く、二人乗りの手こぎのボートがすべて貸出中だったのです。あと三十分は待たなければならないと知って、出直そうかという気になりかけたとき、白いスワンボートが乗り場に帰ってきました。父親と小さな娘という組み合わせです。少女は係の男性が差し出した手を握って、揺れる船体から桟橋に移ると、待っていた母親の胸に飛び込みました。楽しかった、という明るい声のあとを追う父親の顔にも満足そうな笑みが浮かんでいます。この家族の様子を、ぼくたちはじっと見ていました。ありうべき、そしてありえないであろう未来を、もうそこに重ねていたのかもしれません。

陽射しがつよく、きみは帽子をかぶっていなかったので、たまには手こぎでなくてもいいかなというまなざしだけの意思確認を経て、ぼくたちはその白鳥に乗り込みました。

「ふたりでボートに乗っているのに、顔を見合わせないなんて、なんだか落ち着かないな。大きなまちがいをおかしたような気がする」

すでに両脚をフル回転させながらぼくが言うと、きみは妙に落ち着いた表情でこちらを向いて言いました。

「横に並んでいた方がいいって気分の日もあるのよ」

それからは、ほとんど言葉を交わしませんでした。左右が開放されているとはいえ、白鳥のなかは音がこもります。ペダルの音が低い天井に跳ね返って、案外うるさいのです。それでも少しずつ混雑を避けて乗り場から遠く離れ、時間どおりに帰れそうにないところまで移動させました。周囲にだれもいない地点を目指すのが習慣だったのです。

けれど、あの日のぼくは白鳥をどこに向けていいのかまったくわからず、途方に暮れていました。飛ぶべき方向が見えなかったのです。晴天のもとで湖の輪郭を見失い、渡りのルートからはずれて、背中に冷たい汗が流れるのを感じていました。額にもねっとりした汗が滲み出てきます。オールの使えない自転車みたいな強化プラスチックの小船は、命綱のない宇宙救命艇でした。いつもは自分ひとり、タイプライターのモールス信号ときみの心の編み糸を頼りに孤独をしのいでいました。ところがふたりで隣りあっているのに、もっと離れて、もっと深い孤独に落ち込んでいくようなのです。息があがり、背中に痛みが走り、腿が張って動きが鈍くなってきます。

不意に、左のこめかみに、白い布きれがあてがわれました。ハンカチでした。何度か軽く押しつけるようにきみはぼくの汗をぬぐい、ひとこと、戻りましょう、と言いました。いつものボートで端と端に座っていたら、きみの手はぼくに届かなかったはずです。横並びにも利点はあるわけですね。得をしたようなしなかったような昂揚と、なにかを決定的に失ってしまったのではないかという後悔がないまぜになっていたのを思い出します。

いつのまにか、数メートル先に色の異なるスワンボートが二艘浮かんでいました。水しぶきをあげながら彼らはぼくたちの船に並走し、導いてくれているように見えました。隊列を組んでいるうち呼吸が徐々に整い、汗も引いて、乗り場に着いたときにはほぼ平常に戻っていました。桟橋にあがってすぐ時間超過の追加料金を要求されたのですが、よほどがっかりした顔をしたらしく、それまで黙っていたきみは声をあげて笑い、機嫌がよくなって、隣の売店でソフトクリームを買ってくれました。地元の牧場で採れた生乳を使ったものです。身体の軸が傾くほどのおいしさでした。

　翌日、チェックアウトを済ませ、荷物を宿にあずけて散歩した城址公園の奥の、だれもいない「ハイハイ競走」の白い絨毯が記憶の海から浮かびあがってきます。丁寧に起毛した、白鳥の羽毛みたいな色合いでした。そこで這いまわるのがぼくたちの子でないことは、明らかでした。そうはならないという前提が、白の囲みに表現されていたのです。いまなら、この白い空間に見出すものとしてどんな光景がふさわしいか、言い当てることができます。たとえふたりのあいだに子どもがいても、刷り込まれたグースさながら何人もの赤ん坊たちにまじって見えない先導者に引き連れられ、彼らはそのまま背中に翼をはやして宙に舞い、地軸三〇度の大地を目指したことでしょう。あるいはいつか話したアルフォンス・ドーデーの物語のように、悪辣な運び屋によってどこでもない国へ送られてしまうのかもしれません。あの移動動物園は一種のカムフラージュで、コーナーの主催者は赤ん坊を未来に運ぶ時間軸の傾きを見極めようとしていたのです。だから、木蔭にいたあの青年——ぼくたちの現在を差配したあの青年——も、ひそかに「ハイハイ競走」を共催していたことになるわけです。

　赤ん坊の成長した顔を想像しながら描く似顔絵描き。行方不明になった子どもの成長を加味した顔を描く技はまた、命をなくし、顔を失った者の復顔としての、想像上の似顔絵とも関係しています。青年は過去形も未来形も仮定法も知り尽くした学者のように、ぼくたちの心にではなく、彼自身の瞳の海に時制の測鉛を下ろして、どの時間にも属さない亀裂を探し出していたのです。きみの記憶どおり、絵描きの青年はこう言いました。

「もしお時間があるなら、描いて差し上げますよ」

そして、ぼくは答えました。

「時間ならたっぷりあります」

この時間とは、出発までの余裕の意味ではありません。大文字で記されるべき概念としての時間です。きみもとうに察していたのではないですか。青年は、もし「時間というもの」があるならばと言ったのです。彼の申し出に飛びついた理由は、説明するまでもないでしょう。時間というものが消えてしまえば、進化も退化もありません。ぼくたちはだれも「ひとりポッチ」になることができなくなります。そこで間髪を入れずに「五十年後」の顔を指定したときのきみの怯えを、ぼくは共有しています。怯えはまた、写真を燃やすという悲しみと喜びと怒りの発火装置でもありました。時間を消すには、写真を消せばいい。小鳥が箱から飛び出してこないように、箱そのものを破壊すればいいのです。ぼくの横顔はきみの脳内の地中深くに埋められながら、きみを助けてくれる人にも見えるような形でそこに飾られているのですね。いったい、どんな顔だったでしょう。額が大きく後退し、古代緑地さながらのあごひげがうっすら生えていたように記憶していますが、細部は靄《もや》のなかです。当時のぼくではなく、いまのぼくですらないぼくがいまのきみを見守っている。一方できみは、まぶたを閉じて、これから訪れるであろう未来のぼくの姿をも遮断しているわけです。

カッキョク、カッキョク。そのまぶたを透かして、光になった声は届くでしょうか。船舶気象通報を聴いていた装置とおなじ、信頼性の高い通信用真空管を用いた小型アンプで、ポッチを想いながら、ふたりでよく鳥類学者でもあったメシアンの曲を聴きましたね。『鳥のカタログ』です。叙事詩をこねくりまわすのに疲れ、命綱を見失って頭のなかが真っ白になると、ぎしぎし音を立てて階段を下り、編み物をしているきみのもとに近づきます。なにを編んでいるのか、教えてはもらえませんでした。何度か産着のようなものが見えたことを覚えていますが、のちに贈ってくれたベージュのカーディガンの一部だったかもしれません。

あのころ、きみはひどく疲れていて、鉤針を手にしたまま眠り込んでいることがありました。手を触れることも、声を掛けることもためらわれるほど深い眠りです。いっしょに聴くのをあきらめて、ぼくは眠っているきみの隣のソファーに腰を下ろし、ヘッドフォンでメシアンの曲を聴きました。『鳥のカタログ』ではなく、ゲルリッツ第8A捕虜収容所で初演された『世の終わりのための四重奏曲』の第三曲、クラリネットの独奏からなる「鳥たちの深淵」です。ヴェルダンでドイツ軍に捕らえられた作曲家が、収容所へ送られる前の野営地だったナンシーで、ひとりのクラリネット奏者のためにつくった曲でした。あの印象深いクラリネット独奏の息つぎは尺八に似ています。息と息のあいだに、交信のための、自分のものではない息を聞かせるのです。たしかに、疲れを癒やすのではなく、ここではない世界からの励ましを受信するためには、『鳥のカタログ』がいいでしょう。カッキョク、カッキョクに似た声は入っていませんが、鳥の鳴き声に主題を借りた曲だけに音色も豊かで、ぼんやり聴いているうち、いつしか大きな森が目の前に拓けてきます。しかし、ぼくは「鳥たちの深淵」の方が好きでした。息を吹きかけ、息を吹き込み、自分の耳ではなく皮膚で聴くには、一度、命の底の底にまで下りなければなりません。真空管アンプはよく伸びるクラリネットの音をさらにふくよかにして、か弱さを取り払っていました。船舶気象通報の大もとにある声も、こんなふうに、息づかいのわかる強さを保っていたのではないでしょうか。鼓膜に伝わってくるまでに、全体が減衰して聞きづらくなるだけなのです。

あの青年に似顔絵を頼んだのは、無料だったからではありません。瞳のせいです。彼の眼には、青い花束とは別種の方法でニュートリノを捕らえ、複眼の冷ややかさを軽々しく青には還元しない力がありました。五十年後のきみの肖像画は、写真といっしょに残してあります。何度引っ越しても、これだけはと、まるで死地に向かう詩人が紙片を把手に縫い込んだように鞄に入れて運んできました。ただし、仕事机から見えるところに飾ってはいません。封筒に入れたまま、年に一度、きみのもとを去らなければならなかった日に取り出して、じっくり眺めています。はたしてこれを似顔絵と言えるのかどうか。茫漠として靄に包まれた、見ているこちらと見られている絵のあいだの距離がじつに測定しづらい、存在の輪郭を擦筆《さっぴつ》でぼかしたようなその顔は、まちがいなくきみのものです。五十年後と言いながら、青年は時間の枠をそこから取り払いました。時の深淵に潜む鳥の鳴き声が伝わるように、年齢の境を消したのです。

　奇妙なことに、きみの似顔絵は取り出すたびに変化しています。あるときはぼくの知らない少女時代の面影を表現し、あるときは宇宙素粒子観測施設のボートの上の初々しい顔になり、またあるときは、どこのだれなのかわからないほどの闇に包まれています。ぼくが変化しているのか、それとも絵が変容しているのか、にわかには判断できません。いったい、青年はきみのなかになにを見ていたのでしょう。

　船舶気象通報を聴いたあの日、ぼくの手はレコードを扱うことすらできないほど冷え切って、きみと手を重ねていたら皮膚がひっついて剝がれなくなるのではないかと思えるくらいの状態でした。原因はわかりません。しかし、あのとき、ぼくの網膜に、鳥の舞う姿がはっきり映し出されたのです。冷えるところまで冷えて魂が超伝導状態になったとき、たがいの記憶と心象風景が無抵抗で行き来します。入れ替わるのではなく、双方の脳裏に浮遊するのです。ああ、これか、とぼくは思いました。いつもふたりを先回りして、不吉の種を植えつけていった人たちの顔が浮かんできます。その後の暮らしの節目節目にあらわれて、なぜかきみとともに歩くことを妨げようとしていた影が心をよぎります。『ばらの騎士』のチケットを一枚だけくれようとしたあの女性も、たばこ屋のおばさんも、青年が描いたきみの似顔絵の変化のひとつでした。きみは時空を超えて、さまざまな顔を、ぼくに、そしてきみ自身に植えつけ、しかるのちにまぶたを閉じたのです。

　だからぼくは待っているのです。引き出しのなかの似顔絵が、いちばん幸福だった時期のきみに戻る日を。また、けっして戻りはしないことが明らかになる日を。あれほどながく触れあっていたのに、あの夜、きみはきみの、ぼくはぼくの記憶をまさぐって、かけがえのない現在から立ち去ろうとしていたのかもしれません。メシアンを聴きながら眼を閉じていると、眠っていたはずのきみがいつのまにか半身を起こし、寝ぼけ顔でぼくの頬を指でつつきながら、なにを見てるの？　と尋ねました。なにを聴いてるの、ではなく、なにを見てるの、と訊いたのです。ぼくは、なにも見ていませんでした。

目でなら
　さわっても　いい？

恐ろしい詩です。いまきみの傍に立つことができたら、そこしか動かない箇所に、まぶたをそっと当てることもできるでしょう。しかしそうすると、ぼくたちがともに見てきた景色が消え、すべてがホログラフィになって宙に溶けてしまうのです。あの似顔絵を見つめるたびに、ぼくはやはり、まど・みちおの詩句を喚《よ》び起こさずにいられません。『けしき』と題された一篇を引いて、今日は筆を擱《お》きます。

けしきは
目から　はなれている
はなれているから
見えて
見えているから
けしきは　そこに　ある

あの雲の下に　つらなる
山々の　けしき
Ｓのじをかいて　海へとはしる
川の　けしき

けしきの　うつくしさは
ひかるようだ
よんでいるようだ
いたいようだ

見るものから
いつも
はなれていなければならないからだ…
自分が　そこに
ほんとうにたしかに　あるために…

繰り返すまでもありません。景色はいつも、痛いものです。対象から距離を取らなければ、見ることはできないのです。見るというだけで、存在の痛みを引き受けなければならないのです。きみのまぶたの裏に、ぼくはまだ映っていますか。映っていると知ったときの幸福は、そのままべつの痛みを引き出すでしょうけれど、映っていない不幸よりはまだましかもしれません。ながくなりました。また、ゆっくり書くことにします。ふたりの景色が永遠に消えてしまわないことを、心から祈りつつ。

きさらぎの末の、けしきのなかで

十三通め

ちょっと、旅に出ていました。そう遠くじゃありません。初めてのところでしたが、近々行くことになるのは分かっていましたし、どんな場所か、数えきれないくらい何度も思い描いていたので、新鮮な驚きよりはむしろ、懐かしさを覚えるほどでした。想像とさほどかけ離れてはいなかった、ということです。本当はもっと先まで行くつもりで、準備もできていたはずなのに、予定通りにいかないのが旅の常。途中で引き返す事態になったのは、自分でも思いがけない成り行きでした。

それに引き換え、渡り鳥たちの旅は何と潔いのでしょうか。行く、と決めたら行くのです。ひるんだり、ぐずぐずしたり、感傷に浸ったりする鳥は一羽もいません。地図も羅針盤もなく、ラジオの気象情報とも無縁のまま、誕生した時に与えられた身一つで旅立ちます。

もし彼らが渡りをしなければ、どれほどの悲劇が起こるか教えてくれたのは、子どもの頃読んだ絵本、オスカー・ワイルドの『幸福な王子』でした。王子の使者となり、銅像を飾る宝石を貧しい者のもとへ届けていたツバメは、南の国へ渡る時を逃し、寒さに震えながら息絶えます。銅像の足元に横たわるツバメの姿が、あまりにもぐったりとして弱々しく、かわいそうでならなかったのを思い出します。もちろん目が空洞になり、全身の金箔《きんぱく》をはがされ、人々から蔑《さげす》まれる銅像も気の毒ではありますが、それでも彼は王子です。タイトルに掲げられる主役です。けれどツバメは、見返りを求めない愛の代償として死んでゆく、一羽の鳥にすぎません。

ツバメの死骸は、死が意味するものをすべて含んでいました。生きている間、自由に空を飛んでいた鳥は、重力に敗北した時、他の生きものよりずっと決定的な死の塊に閉じ込められるのかもしれません。数年後、私の両手に納まったポッチの死骸は、南の国へ渡れなかったツバメの影と重なり合いました。

『幸福な王子』を読んでしばらくは、秋も深まる頃、まだ町に残っているツバメを見ると、たまらなく心配になったものです。学校への道を歩きながら、もし鳥の死骸が落ちていたらどうしようと、びくびくしていました。でも、心配は無用なのです。町の中心にある銅像の下でツバメが死ぬのは絵本だけの話です。野鳥は人目につくところで死んだりはしません。死に最も相応しい場所がどこかよく心得ています。うろたえることなく、誰にも看取られることなく、いいえ、むしろ誰の目にも触れない時を選んで、身を横たえます。渡りに出発する時と全く同じ静けさが、翼の内側を満たしています。

　あなたの可愛い姪っ子さんに読んであげたのは、子どもの頃から私が持っていた『幸福な王子』でした。印刷は褪《あ》せ、絵柄は古臭く、ページはどれも染みだらけでしたが、なぜか彼女はその絵本が気に入って、私たちの家に来るたび読んでくれとせがみました。毎回、彼女が最も生き生きと反応していた場面を覚えていますか？　そう、ツバメが嘴《くちばし》で王子の目をつつき、サファイアを取り出すところです。

「おめめ、とれちゃうの？」

　彼女は尋ねました。その際の痛みを想像したのか、眉間に皺を寄せ、不安そうな表情を浮かべながらも、好奇心は抑えきれないといった口ぶりでした。

「うん、そう」

　絵本に視線を落としたまま、私は答えます。

「ほんとう？」

　彼女は自分の右目に手をやり、恐る恐るまぶたの上から眼球を押しはじめます。人差し指の先が、眼球の縁に沿った窪みに埋もれてゆきます。幼い子のまぶたは何て柔らかいのでしょう。今にも眼球が粘液の糸を引きながらこぼれ落ちてきそうなほどです。

「あっ、危ない」

私はわざと絵本を膝の上に放り投げ、大げさな声を上げます。彼女はビクッとしてまぶたから手を離します。

「あとちょっとで、おめめが取れるところだったよ。あんまり触っちゃだめ。一回落っこちたら、もう元には戻らないんだからね」

王子の両目が暗い空洞になってしまったページを、私は開きます。ああ、いけない、危機一髪だった、とでも言いたげに彼女は身震いし、瞬きをしてちゃんと眼球が納まっているかどうか確かめ、もう二度と余計なことをしでかさないよう、両手をグーにして自分の太ももの下に押し込めます。

「はい、よろしい」

私は絵本の続きに戻ります。

彼女は素直で優しい少女でした。王子の両目の空洞を飽きずに長い時間見つめ、暗闇の深さを測っていました。少しでも王子の痛みを和らげようとして、そのページだけはことさら慎重にめくります。すっかりストーリーは覚えているはずなのに、王子の像が炉で溶かされる場面になると、必ず涙ぐみます。同じ王子でも、犠牲の心を持った幸福の王子と、私が作ったドナルドの違いをちゃんと理解していたのです。

ある日、私がビューラーで睫毛をカールさせているのを見た彼女の反応は、こちらを戸惑わせるほどの優しさにあふれていました。

「たいへん、おめめ、とっちゃだめ。いたいいたいよ」

今でも彼女を思い出す時、真っ先に浮かんでくるのはあの泣き顔です。自分以外の誰かのために、心の底から流した彼女の涙です。

「だめだめ。だいじなおめめ……」

なるほどビューラーという器具は奇妙な残酷さを持っているな、と最初はおかしくて笑っていたのですが、すぐにこれは本気だと気づき、お化粧を途中でやめにして彼女を抱きしめました。

「大丈夫よ。取ったりしない。ほら、ちゃんとここに、おめめ、あるでしょう？」

私は彼女に顔を寄せ、精一杯まぶたを持ち上げてみせました。なかなか涙は止まりませんでした。王子ドナルドで脅された時の、甘えた泣き方とは違います。誰かを心配するあまり、自分と相手の垣根がなくなり、本当はそこにないのに未来には訪れるかもしれない痛みを、身代わりとなってあらかじめ受けとめる。目の前の小さな子に、そんな細やかな心が潜んでいるのかと思うだけで、私の方こそ泣き出しそうでした。

頬に触れる彼女の息は温かく、髪の毛はひなたのにおいがしました。まるで小鳥の接吻、そのものでした。

まぶたを閉じ続け、実質眼球を失うも同然になる私の未来を、彼女は見通していたのでしょう。その時流せない涙の償《つぐな》いを、してくれたのです。あなたの可愛い、特別で最上の、かけがえのない姪っ子さんなら、何の不思議もありません。

私の睫毛は今、カールさせる必要もなく、医療用テープの下で眠りについています。

「大丈夫よ」

あの頃のままの声で私は彼女に語りかけます。

「おめめはね、なくなっていないよ。落ちないように、まぶたで大事に包んでいるから、心配しないでね」

話が横道にそれてしまいました。すみません。渡り鳥の話です。

たとえカナダガンの航路を変えたのが彫刻家の善意からであったとしても、やはり全面的にうなずくことはできません。どこかしら歪んだ善意のように思えます。あなたが呆然とするのも当たり前です。人間の考える安全と、渡り鳥たちにとっての安全は種類が違います。しかもその違いを人間の言葉で説明するのは不可能でしょう。太古の時代から、見えない道を空に描いてきた彼らの思考は、私たち人間など及びもつかない深い地層を成しています。ましてやドキュメンタリー番組や映画が製作されるとなると、ますますピントはずれてゆくばかりです。

　カナダガンの先頭に立って群れを率い、感動と誇りにあふれた顔で自作の飛行機を操る人間を、鳥たちは本当に親だと信じていたのでしょうか。〝安全〟な越冬地に到着でき、やれやれ助かったと感謝したでしょうか。私にはそうは思えません。自分たちの航路に無遠慮に割り込んできた闖入《ちんにゅう》者を、きっとうさん臭く感じていたはずです。彫刻家の仕掛けたトリックに従ったのは、人間の方が上手《うわて》だったからではなく、無駄な抵抗をしない彼らの賢明さゆえです。果てしもなく長い年月をかけて空に刻まれた地図が、人間のふとした思いつきくらいで描き換えられるはずがありません。

　あなたからの手紙を読み、渡り鳥の本があったのを思い出して、ヘルパーさんに読んでもらいました。梨木香歩さんの『渡りの足跡』です。やはり、記憶の本棚のイメージ通りの場所にそれはあり、またしてもヘルパーさんを感心させました。

　その本によれば、衛星を利用した追跡方法が確立して以降、渡り鳥の研究は一気に進んだようです。例えばオオソリハシシギは、南半球から北半球へ、一万キロ以上を無着陸で飛行します。あるいは長野県安曇野出身のハチクマは、春と秋の二回をかけて安曇野とジャワ島を往復し、秋の渡りは所要日数五十二日、総延長移動距離は九千五百八十五キロ。春の渡りは更に航路が伸びて所要日数八十七日、総延長移動距離一万六百五十一キロに及びます。

春と秋でルートが変わっていることからも明らかなように、彼らは最短距離を飛ぶのではありません。あなたが指摘するとおりです。なぜわざわざ遠回りまでして長い道のりを移動する必要があるのか、そんな大変な思いをしなくても、もっと楽なやり方がいくらだってあるだろう。人間なら誰もがそう考えます。ハチクマはポイントポイントで九〇度方向転換しながら、東アジアのほとんどの国を周遊します。しかし無闇に遠回りしているわけではなく、日本への出入り口は福岡、出発到着の安曇野では番地までが、きっちりと決まっているそうです。

送信機を取り付けられた渡り鳥がこっそり私たちに発信してくれる秘密は、人間のお節介など寄せ付けません。彼らにとって大事なのは目的の地ではなく、移動そのものです。しかもそれは、人間の尺度を超えた広大な時空をまたぐ移動です。なぜ、と問うても意味がありません。どんなに厳しい雨風に打たれようと、疲労が極限に達しようと、渡りが彼らの生そのものである以上、彼らは渡る。見事に簡潔な真理です。

本の中で最も心打たれたのは、渡りを「内界への旅」ととらえているところです。驚くべきことに、幼い頃、人工的に星空を見せないで育てられたルリノジコは、成長してからいくら星空を見せても定位することができないそうです。彼らは自らの内に星々を持ち、それを外界の星座と照らし合わせている。自分を案内するものが、実は自分の内部にある。「外界への旅」は「内界への旅」の鏡像だった……。

このくだりを三回朗読してもらいました。人間の知的欲求のため、内なる星々を持てなかったルリノジコはとても気の毒で、どんな一生を送ったのか気がかりでなりませんが、その犠牲によって得られた事実は尊い意味を含んでいます。いくら感謝を捧げても足りないくらいです。地球という天体を巡る彼らの渡りは、同時に自己の内面を探る旅でもある。意識の底に沈んだ記憶、遺伝子に乗って運ばれてきた過去、課せられた運命、そうした目に見えない時空を旅することで、自分が何ものであるか自らに示している。

そう考えると、彼らの渡りはつまり、死への旅そのものである、という気がします。あまりにも素早いために、止まっているのかと錯覚させるほどの羽ばたきで重力から逃れ、空の果てから世界の姿を見通している彼らです。その眼球にはきっと、現世の向こう側が映し出されているはずです。例えば、もはや夜明けとも夕暮れとも言えない、地球と宇宙の境を滲ませる光。渡り鳥たちを導く、人間は誰一人目にしたことのないその光が、死の世界から射しているとして、何の不思議があるでしょうか。

そう考えると、気分がとても楽になります。ですから私は、彫刻家のように先頭を切りたいとは思いません。一番後ろから、黙ってついて行きます。彼らほど信頼に足る先導者は他にいません。彼らに従ってさえいれば、正しい場所へたどり着けます。
もう一か所、『渡りの足跡』から忘れがたい文章をここに記しておいてもいいですか?

> 生物は帰りたい場所へ渡る。自分に適した場所。自分を迎えてくれる場所。自分が根を下ろせるかもしれない場所。本来自分が属しているはずの場所。還《かえ》っていける場所。
> たとえそこが、今生《こんじょう》では行ったはずのない場所であっても。

なぜあの日、私たちは姪っ子さんを連れて、湖ではなく海に行ったのか。本当なら湖に行くべきだった。波がなく、水面は透き通り、ぐるりと岸に囲まれた安全な湖へ。湖のことなら私たちはよく知っていた。三人、一緒にボートに乗っても十分余裕があるほど彼女はまだ小さく、あなたのオールさばきは誰よりも見事だった。なのになぜ。と、何度尋ねても誰も救われないと分かっていながら、やはり今日も私は、まぶたの裏の暗闇に向かって問い続けています。

一片のかげりもない青い空が広がる真夏の午後でした。海の家で借りた大きな日《ひ》除《よ》けの下、デッキチェアに寝そべる三人をたっぷりとした影が包み、今年の最高気温を告げるラジオの声は、時折吹き抜ける風に乗って波の音に紛れてゆきました。

　彼女が着ていたのは、生まれて初めての水着です。遠くに暮らすおばあちゃんから送ってもらった、真っ赤に白い水玉模様の、胸元と腰にフリルのついた、いかにも子どもらしい水着でした。更に目を惹いたのは共布のキャップです。頭をすっぽりと覆い、顔の周りにまた二重のフリルがあしらわれ、顎の下でリボンを結ぶようになっていました。

　その水着を、彼女がどんなに楽しみにしていたか。彼女にとって泳ぎに行くことはつまり、皆から「可愛い、可愛い」と言ってもらえる水着を着ることでした。ちょっとでも砂がつくとタオルで払い、肩ひもを引っ張り、フリルの襞《ひだ》を整えました。多少大きくてすぐにずれてしまうキャップを気にし、リボンを結び直してもらおうと何度も私の前に顔を突き出しました。ふわふわとしたたっぷりのフリルに縁取られた彼女は、親鳥が丹精込めてこしらえた巣から顔をのぞかせる、ヒナのようでした。

　私はあなたにソフトクリームを買ってきてほしいと頼みました。売店には行列ができていて、時間がかかりそうでした。そういう場合、あなたは嫌な顔をせず快く動いてくれる人だと、私はよく知っていました。ですから、あの時、その場に居合わせなかったことに、あなたは何の責任もないのです。

　海は思っていたより冷たく、ぼんやり濁っていました。太陽はまぶしく輝いているのに、光は水中まで届かないうちに波の渦に飲み込まれ、どこかへ紛れてしまったようで、目を凝らしても海の底を見通すことはできません。浮き輪からのびる彼女のか細い脚と、海藻の切れ端が見えるだけです。

彼女は歓声を上げました。もしかしたら悲鳴だったのかもしれません。初めて味わう揺らめき、心もとなさと裏腹な解放感、むせるほどの潮のにおい、言いようのない畏れ、そうしたもろもろに一気に包まれ、興奮しているのが体中から伝わってきました。胸元のフリルが水面で揺らめいています。彼女とはまた別の命を持った生きものが呼吸するように、一枚一枚、ひとときも休むことなく揺らめき続けています。

一度、浜辺を振り返ったのを覚えています。振り返ると言ってももちろん、波打ち際からさほど遠くへ行っていたわけではありません。ついさっきまで三人で寝そべっていた日除けの影は、同じ形をしてすぐそこにありました。私は売店にあなたの姿を探しました。ソフトクリームを買えたなら、溶けないうちに戻ろう。そんなどうでもいいことを考えていました。愚かにも、おやつの心配をしていたのです。

あなたの姿を見つけることはできませんでした。行列が相変わらず長かったからか、皆が似たような水着姿だったせいか、あるいは逆光のためなのか。視界の隅には水着の赤色が映り、手には浮き輪と彼女の手の感触が確かにありました。

一つ大きな波が来て、視線を戻した瞬間、目に入ったのは赤いキャップでした。私はすぐさまそれを両手でつかみましたが、巣の中は空っぽでした。生きて呼吸しているのはフリルだけでした。

それ以降に起こったことは、問われるまま、さまざまな種類の人々、ライフセーバーや救急隊員や警察や、とにかく私にとっては見分けのつかない顔のない誰彼に、語ったとおりです。泣きじゃくりながら説明する私の言葉は、さぞかし聴き取りづらかったでしょう。にもかかわらず皆、辛抱強く耳を傾けていました。優しいと言ってもいいくらいでした。どうして私のような者のために、これほどの忍耐を示してくれるのか、混乱を極める心の片隅で、もう一人の私が、不思議でたまらないという表情を浮かべていました。

その間あなたがどこにいたのか、全く記憶がありません。いくら思い出そうとしてもよみがえってくるのは、日除けの下に落ちた、砂まみれのソフトクリームから立ち上る、甘すぎるにおいばかりです。

あなたからもらった手紙の中で、最も深い救いを感じたのは、私の手紙を〝姪っ子に頼んで音にしてもらいました〟という一行でした。そこを読んだ時、私の湖に浮かぶ、一人用のボートに乗った静かな人々の一員に、あなたの可愛い姪っ子さんを加えてもらえたのだ、と分かったからです。他の誰も理解できないウンゲツィーファーの言葉、昼蛍の光に基づいた心内モールス信号を共有できる仲間に、彼女も連なっているのだ、と。彼女は理由もなく海を選んだ私たちの過ちを責めるどころか、類まれな利発さを発揮し、海に隠された湖への水路をちゃんと見つけていたのです。とても暗い〝細い闇の径〟であるにもかかわらずです。そのことを、あなたが最初の手紙で認めてくれました。

あなたに黙って残酷な決断をした日、もう必要なくなった産着を全部ほどいて捨てました。なぜか産着は、大人の衣類に比べて毛糸の量は少ないにもかかわらず、ほどくのに時間がかかります。生まれたての未熟すぎる赤ん坊を保護するため、小さな目の中に模様がギュッと詰まっているからかもしれません。セーターやマフラーが威勢よくするすると形をなくしてゆくのに対し、産着はたどたどしいほどに一目一目です。未練を残すような慎重さです。産着のほどけてゆく音とも言えない音は、クローゼットの響板を撫で、私の耳元をかすめたあと、二階の仕事部屋には届かないまま暗がりに消えてゆきました。

ついさっきまで何だったか、その痕跡の欠片《かけら》もない、うねって毛羽立った糸をくしゅくしゅと丸めると、両手に納まるほどにしかなりませんでした。ポッチの死骸よりも軽く、いっそのこと、何も無い、と言っても構わないほどです。一晩中眠れなかった朝方、くすぶっているストーブにそれを入れて燃やしました。一瞬だけ、美しい炎が立ち上りました。

姪っ子さんのことについては一切私を責めなかったあなたでしたが、産着のことは結局、最後まで許してもらえませんでした。もちろん今も、許してもらえるとは、思っていません。

私にはどうしても分からなかったのです。姪っ子さんを失った同じ腕で、どうやって自分の赤ん坊を抱いたらいいのか。そのやり方がどうしても。

水着が汚れるのを気にしてあまり乗り気ではなかった彼女を、海へ誘ったのは私です。

「海に入ると、水着の赤色がもっときれいに見えるよ」

それは嘘ではありませんでした。海水に濡れると水着はいっそうつややかに発色し、透き通るほどに柔らかい彼女の肌を際立たせました。キャップに飛び散った水滴が、日光を反射してきらめいていました。彼女は私の腕をしっかり握っていました。広い海で自分を支えているのは目の前のこの腕だけだと、誰に説明されなくても知っている彼女でした。

生まれなかった私たちの子どもは、迎えてくれる玩具を見つけられないまま、今もまだ白い絨毯の上をハイハイしています。似顔絵描きの青年は、そういう赤ん坊の未来の顔を描くことはできるのでしょうか。

「はい、もちろん」

あのさわやかな瞳を持った青年は、きっとそう言って優しくうなずいてくれるはずです。

呼吸筋の不具合で血中酸素濃度が下がり、入院している間、渡り鳥たちの群れを追って不格好に羽ばたいてみたのですが、まだ修業が足りなかったようで、途中で追い返された次第です。でも微かに、空を切る羽の音が聞こえた気がします。これから私が向かうべき渡りが、〝内なる旅〟であるなら、そこに広がっているのはきっと湖でしょう。地軸も極性もない、地下の惑星のような、一枚だけチケットが沈んでいる、一人乗りのボートしか浮かんでいない湖です。そのボートたちが私にとっての内なる星座です。

それにしても渡り鳥たちは絶対に疲れた様子を見せません。くたくたになって、よろけて、ため息の一つもこぼしたって当然の旅をしながら、常に平静を保っています。弱みを見せればたちまち危険が迫ってくる野生の世界ですから、特別驚く必要はないのかもしれませんが、彼らの確固たる平静さには、理屈を超越した神秘があります。単なるやせ我慢だと切り捨てるのは、あまりに失礼です。むしろあの姿こそが、彼らの真実の精神を表しているのだと思います。

彼らは空に一切の証拠を残さず、去ってゆきます。この世界のあらゆるものはすべて、終わりのない旅を途中で切り上げて、懐かしい初めての場所へ還ってゆくのですから、彼らもまた例外ではないのです。

あなたからの手紙を待つのは、夜空に高々と打ち上げられたファウルボールが落ちてくるのを待つのに似ています。あなたの左目が松の枝で、右目が起爆装置で失われたために（あたかも『春琴抄』の佐助のように）、空は思わず見とれてしまうほどに色濃い闇に覆い尽くされています。じゃんけんに負けて不利な先攻になった私への気遣いからでしょうか。デイゲームにもできたのに、ナイトゲームを選んでくれました。

闇の中にボールの白は真っすぐ吸い込まれてゆきます。その白色を邪魔するものは何もありません。凧は止《や》み、カクテルライトはもはや届かず、不用意に瞬きをしていると、上昇しているのか下降しはじめたのか静止したのか、分からなくなります。それはどんどん小さくなりますが、消えることはありません。確かな一点として宙に印を刻んでいます。遠い日、あなたが地下の坑道で指し示してくれた、光の一点と同じです。

瞬きしないよう、懸命にまぶたに力を込め、私は闇を見上げます。もし自分の勘違いで、あの一点がボールではなく白い星だったらどうしようと心配になりながら、一方では早くも、それをキャッチした時の手触りが掌から伝わってくるのを感じています。ファウルボールですから、万が一落球してもランナーは先へ進みません。点は取られません。慌てる必要はないのです。私は心を落ち着かせ、足元を確かめ、両腕を宙に差し出します。闇に包まれる腕は頼りなく、ほとんど骨のようで、喜びのためか畏れのためか指先は小刻みに震えています。チームメートたちは一体どこにいるのでしょう。ファウルグラウンドは広々として他に人影はありません。私一人きりです。渾身のさようならを込めて打ち上げられたボールは、空が尽きてしまってもお構いなしに、どこまでも高く上ってゆきます。

今朝ヘルパーさんが面白い新聞記事を朗読してくれました。長い付き合いになる彼女は、私がどんな話題に興味を持つか、よく知っています。

「あら、まあ。こんなことがあるんですねえ。へえ……。世界は何て広いんでしょう……」

私の期待を高めるという親切心から、彼女はひとしきり自分の感想を述べ、更にもったいぶって新聞をバサバサさせます。

「アマゾンなんていうところ、一生行くことはないでしょうねえ。行く用事もありませんしね。自分が一度として足を踏み入れない場所がこの世界にはある、と思うと、何だか安心した気分になりませんか？　変ですか？　上手く言えませんけど……」

海から一千六百キロ以上も離れたアマゾンの奥地では、塩分を摂取できない蝶が、ナトリウム不足を補うため、カメの涙を飲みます。肉食のカメは体内にミネラルを蓄えることができ、それが涙と一緒に流れるからです。カメに苦痛や実害はありません。別段、迷惑そうな素振りも見せず、黙って蝶の好きなようにさせます。

「写真も載っています。カメの鼻先に蝶々がとまって……まるで天国の一場面みたいじゃありませんか」

今度生まれ変わる時は、アマゾンのカメと蝶になって、あなたに出会えたらいいのにと思います。水辺の岩に登ったカメは、首を太陽に向けてのばし、何を考えるでもなくのんびりしています。その時、どこからともなく、蝶が近づいてきます。それに気づいたカメは、蝶を脅かさないよう、できるだけじっと動かずにいます。慎重な蝶は、最初のうちためらっていますが、やがて心を決め、カメの目元にそっと舞い降り、二枚の翅を合わせて立てます。彼らの視線が重なり合うことはありません。でも輪郭は自然と一つにつながり合っています。硬い甲羅と柔らかすぎる翅、全く異なる種類の体を持った者同士でも、です。

蝶は触角を揺らしながら、ストロー状の口を目の縁のたまりに浸します。自分に今、何が起こっているか、カメは気づいていない振りを続けます。その方が、心行くまで涙が飲めるだろうと思いやっているからです。もちろん蝶もその心遣いを察し、長すぎる自分の口がまぶたを傷つけないか、鱗粉《りんぷん》が瞳に飛び散らないか、気に掛けています。

森の奥から絶えず生きものの鳴き声や気配が響いてきますが、彼らの周りだけは静けさに包まれています。時折、木漏れ日が甲羅に模様を描き、風が翅を震わせます。深緑色の重厚な甲羅を背負ったカメと、萌黄《もえぎ》色に黒い斑点のある蝶です。

やがて満足した蝶は飛び立ちます。カメは瞬きをします。お互い、さようならの合図も交わしません。

あなたと私、どちらがカメでどちらが蝶でしょう。じゃんけんで決めましょうか。紙しか出さないあなたと、石しか出さない私のじゃんけんで。

開いた窓から木香《もっこう》バラの匂いが忍び込んでくる夜明けに

十四通目

季節が少しずつ移ろっていきます。後戻りできない仕方で、段階を踏んで徐々に気温が下がっていくのではなく、思いがけない暑さのぶり返しと先走った寒さの分け前をもたらしながら、全体として過ぎた年の感触をよみがえらせるような幅の広い分水嶺が近づいていることだけは、朝方、谷間にのぞむ研究室の窓を開けたときに入って来る空気の甘みで感知できます。斜面の一部に桃色の花が咲いている、と姪っ子が教えてくれました。ここはそこそこの標高があります。むかし好きだったアルペンローゼかと思ったのですが、一帯で色鮮やかな野花を愛でた記憶はないのです。群生している場所は、どうやら近辺に棲む野生動物たちがミネラル分の豊富な粘土質の土を食べにやってくるわりあい土の荒れたポイントに近いらしくて、それが納得のいかない点のひとつでした。すると、彼女は森林管理人が使う道をこっそりたどって、現場まで確かめにいってくれたのです。薄い小さなピンクの花びらが二枚、正面を向いて開かれ、その背後にも同系色の大きな花びらみたいなものがついていて、真ん中に黄色いぽんぽんがある。葉はハート型でかなり大きい。説明を聞くかぎり、Begonia grandis ではないかと思われました。

頭の働きも季節の変わり目を迎えているのか、以前はあんなにすらすら言えた和名がすぐに出てきません。思い出せないままやり過ごしてもよかったのですが、なにしろきみへの手紙に書くわけですからここは慎重にと、学名から逆引きをしてもらって、秋海棠《しゅうかいどう》だと判明しました。窓から取り込まれた外気の涼しさと花の名が重なり、咽喉口に酸素つめたし秋海棠、という句が、なぜかすんなり口をついて出てきます。それでいて作者の名は、やはり曖昧なままなのでした。酸素つめたし。この句を詠んだ人は、たしか結核の治療をしていたはずです。横たわって、押しつぶされた肺でつらい息をしているあいだ、窓の向こうに、すいか色に咲いた花々が見えていたのでしょうか。それとも自分の身体から吐き出された薄桃の液体をそう呼んだのでしょうか。きみからの言葉が届くたびに、ぼくは酸素つめたしに近い感覚に襲われていました。純粋で、汚れのない、命の素を気管から取り込むのと同時に、一瞬で肺を凍りつかせるような凶器ともなる寒気に包まれるのです。今回の手紙を、何度姪っ子に読んでもらったことでしょう。淡々としていささかも激しない、これまでどおりのきみの言葉が、最後までたどり着いたとたん、オセロゲームさながらすべて裏返って、苦しんでいるぼくにあえて酸素の吸入を禁じているようにも感じられました。身体の奥深くで自分の知らない感情の糸が震え出し、ただでさえ薄い空気がさらに薄くなり、なにをしようとしているのかわからなくなるありさまでした。しかし、そういう状態を過ぎたいまだからこそ、書こうと思ったこともあるのです。

　冷たい酸素を飲み込むつもりで、誤解がないように言っておきます。姪っ子についても、産着にくるまれるはずだった子についても、赦《ゆる》す赦さないという表現は適切ではありません。あの海での出来事が、きみの無意識の導きだったなどとも考えていません。事故直後の、硬直と虚脱に襲われたきみの状態を見ればそれは明らかでした。

　あの日、いくら頼まれたからとはいえ、冷たいソフトクリームでふたりを喜ばせようとあっさりその場を離れたぼくにも大きな責任があります。永久に消えてしまった存在を、不在という言葉に置き換えるのはあまりにも安易です。言い換えの暴力が許されるなら、人は罪をいくらでもごまかして、楽に生きていくことができるでしょう。ぼくたちの暮らしに必要なのは他者への想像力であり、それは暴力的な言い換えを拒むことだと、何度も確認しあいましたね。言葉だけではありません。表現とはなべてそうしたものです。生まれなかった子どもの顔、世に出ることを拒まれた子どもの、未来の顔を描く際にも必要な力でしょう。公園にいた絵描きには、少なくとも偽りのない想像力がありました。その成果の一部が、こうしてぼくたちの手もとに残されているわけです。

けれど、いま頼れるのは、自身の想像力だけです。叙事による詩は、そこからはじまるのです。音の伝わらない真空の闇のなかでふわふわ宙に漂いながらきみと交信し、制御不能に陥らないよう身を持していたとき、ぼくが全身全霊で試みていたのは、「そこにないものの痕跡を探る」という完全な矛盾でした。あるいは「無音の声を聴き取る」ことだったとも理解しています。赦す赦さないの表面にとどまるかぎり、もっと大事な声を、もっと小さな声を聴取することができなくなってしまうでしょう。その段階は、とうに超えました。だからこそきみとの手紙のやりとりが可能になったのです。

声はじつに扱いの難しい信号です。少年のころ、飼っていたつがいの小鳥にはじめて生まれた卵が、孵化《ふか》する直前に味わった驚きを、ぼくは忘れることができません。それまで、雛は一定の大きさにまで成長したら、自然に殻が破れて外に出られるものとばかり思っていました。外界に触れてピイピイ鳴きはじめる展開は、赤ん坊の産声からの連想です。ところが雛たちは、自力で境界を踏み越えるばかりか、まだ卵の内側に、内界にいるうちに鳴き出していたのです。狭苦しい球体のなかに居つづけてはならないことを本能で察知し、闘いに挑んでいたのです。か細い声が耳に入り、その出所がわかった瞬間、ぼくは半ば狂乱状態に陥りました。命が形になって出現する喜びの一瞬が、閉鎖空間からの自力での脱出劇に転じるなんて、考えもしなかったからです。一刻を争います。あわてて学校に電話をし、手助けしていいかどうか理科の先生に相談すると、そのまま放っておくしかないと言われました。小鳥たちはまだ眼が見えません。眼を閉じたまま殻に閉ざされ、存在していながら存在していない、宙ぶらりんの未生状態にいるのです。これを乗り越えられなければ、外に出たあとも生き延びるのは難しい、生命力を見極めるための大事な一線なのだと、先生は教場の口調で言うのです。幸い、声の主は、小さなくちばしで内と外の境界線を壊して、生きる権利を得ました。安堵の気持ちに満たされる一方、ぼくは彼らのような厳しさを乗り越えた経験のないことを、情けなく感じたものです。

しかし、生まれ出るという自発的な行為に先行するこの鳴き声は、いったいだれに向けた呼びかけなのでしょうか。アンテナもブースターもいらない至近距離でぼくがかろうじて聴き取っていたのは、内界に身を持しながら現在地を報せ、同時に外界に向かおうとする一種の救難信号でした。そして、この信号を信号として聴取するかぎり、雛は存在であってかつ存在ではない状態でありつづけるのです。波にさらわれたあの子も、波ではない力でぼくの知らぬ間にさよならを告げられたあの子も、あえて言えば、きみとぼくのあいだの、まだ完全にはひび割れていない、そしてどこにも属していない世界にとどまっている。そう思いたいのです。無理にでもそれを認めたいのです。すでに終了した出来事の可能性をこれから起こりうる状態にまで押し戻し、想像のなかでそれを維持したい。起きるか、起きないか、まだなにもわからない、どちらともつかない状態を壊さずに、未来へと送り出したいのです。事故の直後、真実を告げられた直後のぼくがどのような反応を示したか、それはもう振り返る必要のないことでしょう。

*

今度の手紙が届いて、一週間ほどした午後のことでした。自宅の研究室ではできない調べものをするために、姪といっしょに研究所にいきました。あるはずのない指紋による自動認証を済ませたぼくたちを、守衛が呼び止めました。

「先生、じつは今朝方、妙なことがあったのです」

守衛はもう何十年もここに勤めている生き字引のような人で、監視カメラなどでは捉えられない訪問者の空気を正確に感受して、わかりやすい言葉で表現してくれます。

しかも自分の眼で見たことしか語りません。噂話や伝聞に属するものは胸のうちに沈めていきます。これまで溜まりつづけてきた他者の言葉をどのように処理しているのか、一度、それらしい話になったとき、人体にも害のない重曹を飲んで溶かすのですよと、真面目な顔で答えてくれたものでした。だれからも信頼されているその守衛が、通勤時、いつものように湖を渡る船で、村では見かけたことのない小柄な女性と乗り合わせて、言葉を交わしたと言うのです。旅行のいでたちではなかったと彼は断言しました。白い開襟シャツに濃紺のスカート、足もとは黒のやわらかそうなパンプスという軽装です。どちらへおいでですか。守衛が話しかけると、彼女は言葉を返しました。

「どこから聞こえてくるのだかわからない、腹話術みたいな響きの声でした。船着き場のあたりは、自然の地形を利用して掘られた深い穴の底みたいなところですから、歩かれるのでしたらその服装では大変です、それに、今日から数日のあいだは、公にできない学会のような催しがございまして、一般の方は許可なく村に入れません、どなたかお知り合いがいて身分を保証してくださるならべつですがとご説明しました。サングラスをかけていらして、眼の表情をうかがうことはできませんでしたが、腹話術から出てくる言葉のイントネーションが、先生のそれにとてもよく似ていたのです。たぶん先生とおなじお国の、おなじような職種の方だろうと思って、ついお名前を口にしてしまいました。すると、まさに先生を訪ねていらしたと言われるじゃありませんか。ああ、そうでしたかと嬉しくなって、御用事がおありなら、いまの時間は研究所ではなく、まだご自宅にいらっしゃるはずです、研究室にこもっておられるかもしれませんが、お嬢さんが応対してくれますからと申しあげました。すると、顔色がさっと変わりましてね。多層の調光フィルターから、決定的な一枚をすっと抜き取ったみたいな、明らかな変化でした。そして先ほどの声で、お嬢さんがいらっしゃるのですか、と問い返されるのです。ええ、正しくは姪御さんですがね。そう口にしたとたん、その方の身体は、少し地面から浮きあがり、見えない車椅子にでも乗ったみたいに、すっと滑るように動いて、到着したばかりの桟橋から村道につづく細道を抜け、周りの景色に溶けてしまったんです。足跡も轍《わだち》も残っていませんでした。ところが船頭に、見ましたかと尋ねてみると、怪訝な顔で、なにが、と問い返すんですよ。いま乗せてきた女の人だ、消えたろう、あの角で。船頭はますます呆れた顔で、少し休まれたらどうですか、今朝はあなた以外に、だれも乗せちゃいませんよ、学会にいらっしゃる先生方は二日前に運びきってますから、と言ったんです」

　空調の音が低く響いている廊下で、姪っ子はぼくの腕をつかんだまま身動きもしませんでした。守衛は落ちついた声で、細くて、翅の薄い、ひらひら飛ぶかげろうみたいな雰囲気の方でした、なかでもいちばん上等な、透き通る水を張った翅があるような、とつづけました。じつは、叙事詩を書くことに劣らず精魂傾けてきたのは、恩師から受け継いだ幻の昼蛍の調査なのですが、もうひとつ柱があって、守衛はそれを暗にほのめかしたのでした。ぼく自身が指先の感覚だけで発見した、水葉かげろうという新種の研究です。雄にだけ、プレパラートにひっつくカバーガラスを思わせる、透明で、しかもあいだに水分をふくんで上下に密着した翅があるのです。極限まで軽くしなければならない翅に、なぜ重さを付与するのか。飛べるか飛べないか、ぎりぎりの力しか残されていないはずのかげろうにとって、翅の重量化は致命傷になるはずです。陽にあたためられた水は体温の維持に役立つ。あるいは、一滴も水分を口にせずとも、翅に蓄えられた水だけで生きていける。雌に自分の身体を提供し、あわせて水分を分け与える。いろいろな可能性を列挙して、ぼくは研ぎ澄まされた指と舌先でこの不思議な生きものとつきあってきました。ただし研究内容を知っているのは、所長と助手の姪っ子、それから守衛だけです。ずっとわだかまっていた不安の渦が、一挙に大きくなりました。

「お年のころは、なにしろこの村のことですからどうもはっきりしません、失礼ながらわたしの印象を申しあげれば、年齢に応じた顔をお面のようにたくさん持っていらっしゃる、役者さんのような方でしたね」

　そこまで聞いて、ぼくは確信しました。守衛が見た女性とは、ときどき引き出しのなかで姿を変える似顔絵の多様な変相のひとつであり、ぼくが最もよく知っていた時期のきみにちがいないと。サングラスで隠されていた瞳は、おそらく昼蛍色でしょう。守衛はぼくが眼を悪くした出来事も、昼蛍の騒動も知っています。そう言えば、その方が桟橋にあがるとき、湖水の青がより深い青に染まりました、と彼は付け加えました。手に、お土産でしょうか、赤い子どもの帽子みたいなものをお持ちで、青と赤の対比がじつに鮮やかでしたね。

しかしその女性は、自宅にも研究所にもやって来ませんでした。村のだれひとり、もちろん船頭も、そんな女性はいなかったと言い張ります。守衛が嘘をついているとは思えませんでした。繰り返しますが、彼は全幅の信頼を寄せていい人物です。きみにまちがいないとぼくが確信している女性は、直角に進路を変えることをいとわない渡り鳥のように、途中で消えてしまったのです。ただ、痕跡は見つかりました。小さな鳴き声が石になって、道のあちこちに落ちていたのです。ぼくが通っていた学校の中庭にも、視力を失う原因となった昼蛍の池の周辺にも、それからあの煤《すす》けた炭鉱の跡にも、長期間利用されていなかった宇宙飛行士たちの訓練プールの底にも、まるで空と海の青の双方を閉じ込めたような青いサファイアに似た石が輝いていたらしい。青い星の花束。世界の気配を感じ取る巨大な地底の瞳。きみは宝石を身につけるような人ではありませんでしたから、人智を超えた力がそれらの結晶を生み落としたのでしょう。宇宙飛行士訓練プールの清掃人が拾いあげた石のうち、いちばん大きなものを乾いたタオルで丁寧に拭いて事務所のガラスケースに入れたところ、しばらくのあいだ、その中から人だか鳥だか判然としない、弱々しい声が聞こえていたそうです。

その声を、どうしても聴きたかった。聴かなければならない声だったはずなのです。話を耳にするや、ぼくはすぐプールの管理棟に出向いて、その石に触らせてもらいました。耳に押し当て、かすかな信号を、あるいは確実にそうだとわかるきみの声を受け取ろうとしました。けれど、なにも聞こえませんでした。今度は口に入れて、冷たい石の青い感触を味わいながら、その硬いバリアを溶かそうとしました。鉱石ラジオみたいに、石から発せられる電波をキャッチできるのではないかと期待して。駄目でした。石は、石のままぼくの言語中枢をしびれさせ、なにひとつ言葉にさせてくれませんでした。あとで聞いたところによると、宇宙からの飛来物である可能性が疑われて、研究所本部に分析にまわされたそうです。結果はまだ出ていません。懇意にしている研究者を通じて知り得た唯一の情報は、そこに、なにか硬いもの、しかし金属ではなく生きものの身体の一部で鋭く突かれた傷がついていたということだけです。たとえば鳥のくちばしのような、もしくは亀の甲羅のような有機物で。

ぼくたちはまだ、たがいに遠くにいて、たがいの殻を破れず、生まれる前の頼りない声を伝えあっているだけなのでしょうか。俗に言う愛なるものがすでに別れの準備であるなら、別れたあとに流れてくる空気にも、あたらしい愛が隠れているのでしょうか。亀の涙にふくまれたナトリウムを吸いに来るアマゾン奥地の蝶のエピソードは、じつに美しく、また切ないものですね。先に話したように、自宅近くのミネラル分の多い土を求めに来るのは、哺乳動物だけです。昆虫たちには、生きていくに十分なナトリウム補給のできる場所があるのでしょう。研究室にはかなりの数の写真雑誌が架蔵されています。きみの手紙を読んで、該当する画像を探してみました。といっても、指の腹で紙質を探るだけの作業です。人差し指の腹がわずかな熱を持ちはじめたとき、冷たくあたたかい、あの懐かしいきみの指がぼくの頬をかすめて、ここ、とささやいたような気がしました。手紙の記述どおりの写真を発見したのは、姪っ子です。写真の情景を丁寧に言葉で描写してくれたのも彼女です。そして、なぜかその口吻《こうふん》には、きみのイントネーションがありました。涙のなかのナトリウムは、蜜のように匂うのでしょうか。一匹だけでなく何匹もそこに吸い寄せられて、翅の色がみごとなパピエ・コレになっているのと、彼女は詩人みたいに言いました。

それにしても、薄い影を残してふたたびぼくの前から姿を消しながら、きみはまだ、生まれ変わったらどちらかが亀になり、どちらかが蝶になるなどと、残酷な二者択一を迫るのですね。たしかに、どっちつかずのままでは我慢できないきみの性格を、ぼくはいとおしく思っていました。いまもそう思っています。けれど、あのころのきみにまた会えるとしたら、じゃんけんであれくじ引きであれ、どちらかを選ぶのは不可能です。ぼくたちはたがいの涙からミネラル分を吸ってきました。自分たちの外にあるさまざまな物語の、さまざまな言葉から養分を得てきたのです。自分だけの言葉なんてありはしない。それがふたりの共通認識でした。だからこそ、闇の隧道《すいどう》の向こうや湖の底に、生きるためのミネラルを見出すことができたのです。どうしてもナトリウムが必要なら、海の近くにいけばよいのです。岩塩を探せばよいのです。他の動物たちとそういう場所で鉢あわせになることにも危険はともないますが、時を超えた再会のために海岸線から何百キロも離れた内陸地まで移動するには、途方もない勇気が求められるでしょう。亀くらいだったら鰐《わに》の涙を吸うよりは安全かもしれませんが、そんな状況であってもぼくたちになしうるのは、あのスワンボートのなかでのように、ぬくもりとへだたりをともども引き受けながら、横に並んでまっすぐ前を見つづけることだけです。

　まだふたりでなすべきなにかがあるとしたら、あの事故のあとずっとそう演じてきたように、一匹の蝶の、左右の翅になることではないでしょうか。てのひらを重ねるように翅をあわせ、ふたりでいっしょに、亀の涙にふくまれた言葉と、一万年のあいだため込まれた記憶を吸うのです。閉じた部分の紋様が見えなくなるよう、翅をまっすぐに立てるのです。閉じているかぎり、飛び立つことはできません。一枚の垂直な帆になり、そこにわずかな隙をつくって風を流すほかないのです。亀と蝶の対比ではなく、より脆弱な蝶に意識を集中するのです。ぼくが想像しうる生まれ変わりは、そのような共同作業のなかでしかありえません。

湖畔の家の、手探りの闇のなかで思いがけない演出をしながらもうひとりのぼくが撮影した写真を、姪っ子はときどき取り出して眺めています。自分の母親にすら感じない生の言葉と身体の接触の大もとを、ぼくには眺めることのできないきみの写真のなかに見出しているようです。いつだったか彼女は言いました。おばさんはあのとき、わたしの手をつかんでくれたと。遠くへいかないように、強く、ここを、このあたりを、ぎゅっとつかんでくれた、こわくて、くるしくて、わたしがあばれたから、おばさんもひっぱりこまれそうになってた、でも、ぎりぎりまでつかんでいてくれたと。きみはきみの解釈で、生を成り立たせてきました。そこに、ひとつもまちがいはありません。でも、姪っ子は、いろいろな年齢のきみの顔を眺めながら、きみにそっくりな声で、異なる視点から語りかけるのです。聴き逃した石の声は、ここにあるとでも言うかのように。

いま、きみはどこにいるのですか。安全な車椅子とヘルパーさんに守られて、冷たい酸素をきちんと吸っていますか。ふたりの時間は、どこでよじれてしまったのでしょう。ぼくのなかのもうひとりのぼくだと思っていた架空のぼくが、いまやほんとうのぼくとして、きみの気配を探ろうとしています。引き裂かれた想いのなかで、きみの姿は不思議な似顔絵から見えない写真になり、その写真のなかで意図して焚かれたフラッシュのような閃光を放つ蛍になっていきます。考えれば考えるほど心がざわつき、そしてなにかしら安堵に似た気持ちにもなるのは、ぼくたち三人を、いや、正確には四人を結ぶ亀の涙が、まだ涸れていないからでしょう。信ずべきはこの涙です。チェレンコフ光を発生させ、青い花束のような眼を光らせ、未生の声を閉じ込めるサファイアとなるしずくを、なんとしても涸らすわけにはいきません。その涙をともに吸うことができれば、かつて韃靼《だったん》海峡を渡っていった「てふてふ」のように、青紫の光を照り返す翅をぎくしゃくした動きで制御しながら飛びつづけることができるのではないか。そんなふうに夢見ているのです。

　船舶気象通報を聴いた部屋で、借りてきたビデオをいっしょに観た日のことを覚えているでしょうか。何度もテレビ放映で観て、コマーシャルでカットされている部分以外は細部までよく記憶している映画でしたが、何本か借りると安くなるという宣伝につられて、カートに加えてしまったのです。『Fantastic Voyage』。初期の特殊撮影ものであることも、きみは知りませんでしたね。またあなたはこんな映画をという顔でしたが、その日がちょうど返却日に当たっていたので、昼食をゆっくりとってからふたりで観ることにしたのでした。荒唐無稽な話です。軍事機密と引き替えに亡命を求めてきた東側の男が、漏洩を阻止しようとする同国人に襲われ、脳に血腫をつくってしまいます。機密を手に入れるには、手術不能な場所にあるその血腫を取り除いて、男の命を救うしかありません。そこで、医療団を乗せた潜航艇ごと、特別な仕掛けでミクロの大きさに縮小し、頸動脈に注入するのです。次々に襲いかかる困難を乗り越え、異物を排除しようとする白血球の攻撃をかわして目的地にたどり着くのですが、縮小効果が持続するのはわずか一時間と限られています。船舶気象通報の一周分とほぼおなじです。それを過ぎるとすべてがもとの大きさに戻ってしまい、治療に成功しても、患者の身体は巨大化した他者によって内側から食い破られ、救われたはずの命も無に帰すというわけです。しかも、乗組員のなかにこの任務の遂行を妨げようとする裏切り者がいるのではないかとの疑心が芽ばえ、仲間割れが宙づりの効果をあげていきます。

何度も観ていて結末を知っているぼくとちがって、きみの集中ぶりは異様でした。すべてにおいて質実で、医療というより軍事作戦を決行する総司令部のような本部の空気と、人体内部の色や形の多彩さとのずれ。その恐怖にまばたきすることも忘れて、小さなテレビ画面を食い入るように見つめているのです。大きな危機に襲われるたびに、きみは冷たい手をぼくに伸ばしてきました。そう言えば、こちらに来てからも、一度、研究所の資料室にあったのを機材ごと借りて、姪っ子とこの映画を「聴く」機会がありました。まだ彼女が小さかったころです。「手術」と称する「作戦」が開始されたとたん、驚愕の声があがりました。医師たちが乗り組んだ潜航艇の名称が、変身と予言にたけたギリシアの神の名だったからです。これで、この船で、おばさんを探しにいく、おじさんと船に乗る、これで湖の底から海に出ると言ってききませんでした。もしかすると、いまのきみの状態を、彼女は彼女で先んじて感じ取り、なにが原因なのかをその船で調査して、あわよくば内視鏡手術のように病巣をえぐり取るつもりだったのかもしれません。

　ぼくにはためらいがありました。宇宙船のようでもある潜航艇が、どこかスワンボートを連想させたからです。脂汗が浮かんだ日のつらい記憶を平穏なこの村の現実に投影したくない。そもそもこんな船はどこを探してもありはしないのです。一方で、あのスワンボートは、湖上を滑る乗り物ではなく、未知の世界へと潜るための装置だったのではないか、あるいは帰るべき土地がわかっている渡り鳥のように空を舞うためのものだったのではないかと、認識をあらためもしました。映画の結末に触れるのは問題ですが、私信ですから許してもらえるでしょう。最後に医師団を救うのは、蝶が口吻を伸ばして吸ったのとおなじ液体です。内側と外側のあいだにとどまった状態を保ちながら外への回路を開く涙腺なのです。ふたりを包み込み、救ってくれるのも涙であると考えてはいけないでしょうか。閉じられた幕からはみ出すように涙は流れます。まぶたは、まだ閉じたままですか。そこにはおそらく、生命維持に不可欠な、存在のナトリウムが蓄えられているでしょう。その液体には、青い瞳の束で宇宙光を捉えうる質量と深みがあるはずです。知らない言葉と感情が、これから育ってくる未生の表現が、そこに溶け込んでいます。吸わなければならないのは、一万年生きる賢者の英知ではなく、自分の意思で閉じたまぶたでも遮断できない、ひと粒ふた粒のしずくなのです。亀か蝶か。あの二択を放棄して、蝶のままでいましょう。スワンボートの屋根に止まってカッキョクの声のする方へ飛んでいく蝶の翅の、ぼくが左、きみが右になるのです。隣りあわせで、かつ限りなく遠い関係で居つづけるには、これしかないのです。気流をうまく利用すれば、大空にミネラルウォーターの投罎くらい運べるかもしれません。

研究室の窓から見える谷間に、陽が差し込みはじめました。うっすらと、それが感じられます。あたたまるにつれて大気の匂いに草いきれが加わります。ここからの景色を、両方の眼であたりまえのように眺めていたのは、いつのことになるでしょうか。機能を失った眼の奥に、少年の日に見た幻の昼蛍と、ふたりで見あげた青いガラスの眼玉と、朝の陽を照り返しているにちがいない水葉かげろうの翅のきらめきを、そしてきみの口もとに浮かぶ光の笑みを順に照らしていきます。日によって、体調によって、映像は薄くなったり濃くなったり、ぶれたりかすれたりしますが、こうしてまだ当時の記憶を消さずにいられるのは、なんと幸運なことでしょう。姪っ子はまだ眠っているようです。鳥の声が聞こえてきます。小さく歌いあげる澄んだ鳴き声。研究所の音声ライブラリーから借り出したカセットテープの、野鳥の声を聴いて覚えた親しみのある声のいくつかが響いてきます。ジョウビタキ、ノビタキ、モズ。正しいか正しくないか自信はありません。おじさん、季節がちがう、と姪っ子にまた指摘されることでしょう。小さなトラックのエンジン音が伝わってきます。搾りたての罎入りミルクを毎朝配達してくれるのです。これがいまのぼくにとっての投罎通信というところでしょうか。紫色の薄いビニールをはがし、硬い紙のキャップを取って、直接口をつけて飲むぼくを姪っ子は叱ります。お願いだから、コップに移して飲んでちょうだい。そう、きみとまったくおなじタイミング、おなじ口調で。いまは万年の命を持つ生きものの涙ではなく、牛のミルクで我慢しておきましょう。各局、各局、こちらは昼蛍村。おわり。さようなら。たがいの声を逃さないために、きみのそのまぶたから滲みだした青いしずくを、ぼくはもう手を伸ばして拭ったりしません。

深い霧の出た湖のほとりで

引用・参考文献

一通め
平出隆『葉書でドナルド・エヴァンズに』、二〇〇一年、作品社
トーン・テヘレン『きげんのいいリス』、長山さき訳、二〇一八年、新潮社

二通目
Evgen Bavčar.- *Le voyeur absolu*, Paris, Seuil, 1992.
Evgen Bavčar et Esther Woerdehoff.- *L'inaccessible étoile. Un voyage dans le temps. Der unerreichbare Stern. Eine Reise in die Zeit*, Bern, Benteli, 1996.

三通め
アンネ・フランク『アンネの日記　増補新訂版』、深町眞理子訳、二〇〇三年、文藝春秋
今福龍太『ヘンリー・ソロー　野生の学舎』、二〇一六年、みすず書房

四通目
I monde réel, Actes Sud et Fondation Cartier pour l'art contemporain, Paris, 1999.
港千尋『遠心力　冒険者たちのコスモロジー』、二〇〇〇年、白水社

六通目

オクタビオ・パス「青い目の花束」、野谷文昭訳、『ラテンアメリカ五人集』、一九九五年、集英社文庫
宮澤賢治「青森挽歌」、『校本宮澤賢治全集第二巻』、一九七三年、筑摩書房
パヴロフ『大脳半球の働きについて　条件反射学』（上・下）、川村浩訳、一九七五年、岩波文庫
柘植秀臣『条件反射とはなにか　パヴロフ学説入門』、一九七四年、講談社ブルーバックス

八通目
R・シュトラウス＆ホフマンスタール『オペラ「薔薇の騎士」誕生の秘密　往復書簡集』、大野真監修、堀内美江訳、一九九九年、河出書房新社
三宅新三『リヒャルト・シュトラウスとホーフマンスタール』、二〇一六年、青弓社
Alphonse Daudet. *La Belle-Nivernaise : histoire d'un vieux bateau et de son équipage*. Paris, C. Marpon et E. Flammarion, 1886
ドーデー『川船物語』、櫻田佐訳、一九五三年、角川文庫

九通め
プリーモ・レーヴィ『アウシュヴィッツは終わらない――あるイタリア人生存者の考察』、竹山博英訳、一九八〇年、朝日選書

十通目
「船舶気象通報規定」、海上保安庁告示第一号
「無線局運用規則」、総務省
宮古島・船舶気象通報
https://www.youtube.com/watch?v=6PngiXZTaQQ

まど・みちお「やぎさん ゆうびん」、『まど・みちお全詩集〈新訂版〉』、二〇〇一年、理論社
イツハク・カツェネルソン『滅ぼされたユダヤの民の歌』、飛鳥井雅友・細見和之訳、一九九九年、みすず書房
Yitskhok Katzenelson.- *Le Chant du peuple juif assassiné*, Paris, Zulma, 2007.
Yitzhak Katzenelson.- *Journal du camp de Vittel*, Paris, Calmann-Lévy, 2016.

十一通め
まど・みちお『まど・みちお詩集』、一九九八年、ハルキ文庫

十二通目
まど・みちお「けしき」、『まど・みちお全詩集〈新訂版〉』、二〇〇一年、理論社

十三通め
梨木香歩『渡りの足跡』、二〇一〇年、新潮社

偶然が必然に変わるとき——巻末特別対談

小川洋子×堀江敏幸

何も決めないでスタートした小説

小川　連載開始前の打ち合わせのとき、担当編集者のキューバ旅行の話を聞きながら切手を見せてもらいましたよね。

堀江　打ち合わせよりお土産話を聞いたということばかり覚えています（笑）。

小川　そのとき見せてもらった手作り感満載のキューバの切手が印象深くて。

編集部　お二人が登場人物や話の筋立てについては一切相談せず、その場で決めたのは〈女性と男性が手紙のやりとりをする〉形式にしましょうという一点だけだったことに驚きました。

小川　そうでしたね。方向性を具体的に決めるとなったときに、自分はまだ書いていていない小説についてあれこれ考えるのがすごく苦痛なんだな、と気づいたんです。こういう人物像にしましょう、こういう設定にしましょうということを「書いてもいないのに、決められない！」と。それで、敢えて積極的な提案や発言をしなかったんですけれど、堀江さんはそのあたりを汲み取って下さったのでしょう。

堀江　書いてもいないのに考えられない、というよりは、書いている最中でも考えたくないタイプです（笑）。とにかく小川さんがリードして下さるだろうとは思っていました。共作には、話の筋を一緒に考えて、二人のうちのどちらが分担したのか分からないように書くやり方もあります。でもこの作品はそういうものではないことは分かっていました。手紙のやりとりという形式になったので、物語が動き始めたらそれに合わせて書いていく。小川さんが書き始めて下されば、それにお応えしていけばいいのだろうと考えていました。

小川　何を書くかが決まっていない不安とか、堀江さんがどう返して下さるかが不安だというのと、一人で小説を書いているときの不安とはそんなに違いはないんです。「何も決めないでスタートした」と言うと驚かれるかもしれないけれど、小説というのはどういう状況であれ書いているときは不安なので、実はそれは日々作家が繰り返し直面していることなのだと思います。

第一行にたどり着くまでに苦労をするのはいつものことですが、この小説においては特に、「まぶたをずっと、閉じたままでいることに決めた」という一行目が決定的だったと思います。詳細は伏せますが偶然読んでいたノンフィクションが印象に残っていて、そのことがこの小説を書き始める扉を開けてくれました。色々な方向に行ける可能性を含んだ一行にたどり着いたことで、スタートが切れたのだと思います。

編集部　小川さんが執筆した一通めは、誰が誰に宛てた手紙なのかが分からないように書かれていますね。

小川　まぶたの暗闇の向こうに対して言葉を発したくなるような相手なのだから、人生において大事な人であることはわかるわけですが、堀江さんがどう受け取るかは、楽しみに待ちたいという気持ちでした。予測をしてしまって裏切られると、悲しいので（笑）。

堀江　小川さんの愛読者としては、小川さんの世界に寄り添っていくというか、入っていくことができればなあと思っていました。そうはいっても、ただ読んでいるだけではだめで自分で書かなければならない。なのにいきなり目を閉じられてしまったので、「いったいどうしたらいいんですか」と（笑）。「もう終わり！」と最初から言われているようなものですから。「まぶたを閉じる」ことが意志的な行為なのか、それとも否応なしの決断なのかも分からない。手紙を受け取った側としては、まぶたを再び開いてくれる可能性があるのか、あるとしたらこちらには何ができるのか、そういうことをまず考えました。

予想もしない種類の花が

編集部　一通めを受け取った堀江さんは返信を「ぼく」という一人称で書き始めました。「私」との関わりが親密なものだと感じられます。

堀江　大事なのは「大切な人を思う」という温かい設定です。「本当なら遠くかけ離れた場所にいるはずのものたちが、まぶたを閉じたおかげで、ようやく再会できた」と書かれていて、二人がもう一度会えるかどうかがテーマだと提示されていました。こんな夫婦になりたいな、というような言葉があったので、これはカップルの話になるとも考えました。

一通めのなかに、小川さんがもう無意識にリードして下さっていると感じられる箇所がありますね。五通めの小川さんの回で〈魂柱〉という言葉が登場して、そこに「私」は「こんちゅう」とルビを振っています。これは「ぼく」の手紙に「昆虫」の描かれた切手が貼られていたという話からつながっている、と読みました。「ぼく」の方は、それをふたりの通信の柱になるものと読み替えて「たまばしら」としました。〈空想の昆虫〉のほかにも〈ドナルド・エヴァンズ〉や〈姪っ子〉や『アンネの日記』が出てきます。どういう関係があるのかはまだ分からないけれども、これには従っていかなければならないなと。

次に翻訳の話が出てくる。自分には分からない言語を受け止めて、分かる言葉に変換してくれる人が登場するわけです。「私」の友人は翻訳家で、一文字しか字を知らない象の話を訳すとき、「く」という平仮名を当てている。ところが「私」は「ん」を選ぶ。最後に「ん」で終わることを見越している感じがありました。まぶたが閉じられたらどうしようという最初の衝撃があったとはいえ、これはひとつの循環で、全体の見取り図が提示されているのだろう、何を書いてもきっとこの一通めの手紙に戻ってくるだろうと思ったんですね。小川さんは意図していらっしゃらなかったかもしれませんが。

小川　私が意識的にしろ無意識的にしろ蒔いた種が芽吹いて、私の予想もしなかった種類の花が咲くということが、次々起こっていきました。なおかつ、それが単独で咲いているのではなく、根はつながりあっているんですね。ほんとうに何も相談しなかったにもかかわらず。これはちょっと背筋がぞっとするような、偶然の恐ろしさを感じました。

堀江　閉じ込められている人、閉じこもっている人のことも出てきますね。

小川　どれくらい堀江さんが計算して書かれたのか分からないけれども、昆虫の絵の切手の話、小さなギザギザの四角に閉じ込められた世界から物語がスタートして、それが色々なものを呼び寄せてくるわけです。

堀江　切手といえば、一通めの終わりに映画『ファーゴ』の場面が出てきます。夫婦がベッドに入っていて、夫の描いた絵が切手に採用されたという話。ああいう幸福なかたちでこの小説が終わるのかどうか。あるいは、「私」と「ぼく」が手紙に貼る切手があるのかないのかさえ分かりませんでした。

そして「心の中にある湖」という表現があり、しかも湖は「小部屋」だと「私」は言っている。部屋に閉じこもるとか、水のイメージが提示されています。

小川　水や池のイメージから、最後は海というものにつながっていきますね。印象的だったのは十通目の「カッキョク、カッキョク」という船舶気象通報の話。誰に向かってしゃべっているのか分からない、誰が受け止めているのかも分からない、でも一人で言葉を発し続けるという「世界で一番孤独な人」が出てきて、物語がどんどん深まっていく感じがありました。それは非常な快感でしたね。

堀江　とても嬉しいです。「各局、各局」というのは、昔、中波放送の入るラジオで聴いていたんです。小川さんの作品、たとえば『人質の朗読会』は、旅行客がゲリラ組織に捕らえられ閉じ込められて、全員が死んでしまうという設定で、一人ずつ語った千夜一夜物語のような話が録音のテープで見つかる。残っていたのは「声だけ」です。それで、遠いところからの声を聴き取るという話はいずれ出てくるだろうという感じはありました。そこで船舶気象通報が浮かびました。株式情報よりはいいかなと（笑）。

小川　気象通報を聴いている堀江さんの姿を想像すると、詩的な感じですね。一人孤独を紛らわせるために？

堀江　放送を聴いて風力などの記号を天気図に書くという宿題があって、それで気象通報を聴いていたんです。ただそれだけのことで、僕の人生にはなんの関係もないんですが。

小川　でもこの小説には重要な意味を持っていますね。私も子供のころ、黒電話のダイヤルを回したくて時報を聞いていました。女の人の声でね。この人はいったい誰に向かってしゃべっているのか不思議に思って。でも料金がかかると分かって親に叱られました。電話代が妙に高いって（笑）。

堀江　考え始めると怖くなるんですよね。二十四時間いつかけても「何時何秒をお知らせします」と言っている。どうやってそんなことできるのかと。小川さんの小説の主人公みたいですよね。

小川　株式情報だと一円言い間違えても大変なことになる。時報だって、〇・一秒遅れたら取り返しがつかない。ものすごく責任重大で、ある意味苦行ですね。イメージがどんどんふくらみます。

堀江　主人公二人はお互いどこにいて手紙を受け取っているのかが分からない状態にある、ということを考えながら書き進めなくてはいけないと思っていました。謎の「怪文書」ではないですけど、この一通めにいただいた手紙をどうやって受け手が読み解いていくのか、書いているときは謎解きのようでした。何を分かっているのかがお互いに分からない。分かっているということだけは分かっている。二人でそれを探っていくのだろうな、というのは最初の手紙から感じたことでした。

皮膚の感触、そこにあったはずのぬくもり

小川　よく覚えているのは、この二人がどういう関係なのかが、分かるようで分からないような感じでやりとりは進んでいたのですけど、私は堀江さんに、二人がいったいどうやって出会ったのかということを書いてほしかったんですよ。

堀江　恥ずかしがり屋なもので（笑）。

小川　一番初めにどこで知り合ったのかを書いてほしかったのに、堀江さんは独特の粘り強さでそこをうまーく避けて通られて。せっかちの私は我慢しきれず（笑）、五通めでとうとうカミオカンデで出会ったと書きました。クローゼットのなかで編み物をしている「私」の毛糸と、宇宙遊泳の〈母船〉というイメージにカミオカンデが結びついて、小さな話が大きな宇宙へつながっていきました。泣く泣く私が出会いの場

面を書いたけれど、書きっぱなしにならなかったのは堀江さんのおかげだと思いました。

堀江　ありがとうございます。申し訳ありませんでした（笑）。地底の人工湖に浮かぶ舟に乗りあわせる。こんなにロマンチックな出会いだったのかと驚きました。舟というのは「向こうの世界」に渡るためのものでもあり、もうこの世にいないというイメージも想起するので、半分いなくなりかけている存在というか、向こうの世界で出会っているという意味の深さをそのとき受け取りました。

編集部　お二人だからこそのユーモラスなやりとりが生まれていると感じる場面もありました。「私」が「ぼく」に対して音痴だと指摘するなど、あたかも創作の外にも楽しいやりとりがあるかのように読んでしまいました。一方、「ぼく」からの手紙では、「私」の身体に対する踏み込んだ表現が官能的です。

小川　この主人公の女性は、手紙を書いているうちに色々なことを思い出したんですね。最初の堅苦しさというか、一通めを出すときのおどおどしたような恐れが薄らいで、馴染んでいくうちに昔の小さなエピソードを思い出す。私自身は堀江さんの歌を聞いたことはないですし、書いているときはずっと手紙の中の「ぼく」に向かって語っていました。色々な材料は私の得意分野から出てきたものでしたけれど。

堀江　二人はある期間はゼロの距離、身体の接触があり合一する、そういうところまで行きえていた関係で、それがそうではなくなった。目を開いているとき、相手にまぶたは見えないわけですが、「ぼく」には閉じられた「私」のまぶたに見覚えがあり感触も残っている。まぶたは皮膚で、くちびるや指先でそこをなぞった経験があるから、「私」はそのまぶたを閉じることを伝えてきた、という気がしたんです。皮膚の感触が二人にとっては大事なんだと。

肌を接するときに温かいのか冷たいのか。「私」という人が創り出している物語だと、どちらかというと冷たい。その冷えた感じと、触ったときに少しはあったはずのぬくもりと、どう折り合いをつけたらいいのか。お手紙をいただく度にそれを考えていました。

小川　まぶたを閉じることに決めました、と一通めに書いたとき、あなたの知っているまぶたですよ、というニュアンスが含まれていたのでしょうね。

堀江　そういうことですよね。「余計な心配をかけてしまうかもしれませんが」と書いてあるので、この人に心配をかけるとどうなるのか、ということが分かっている相手なんです。情けないと思っているところがあるんだろうなと（笑）。

編集部　何度読んでも未知の領域を見いだすことができ、汲みつくせない深さと広がりをもつ作品ですが、物語はやがて閉じなければいけない。どのように終えようと考えたのでしょうか。

小川　始めるときより終わらせるときの方がずっと難しかったです。産着を編んでいたとか、それをほどいて捨てたとか、赤ちゃんのハイハイ競争の場面とか、自分で色々書きましたけれど、物語のラストが分かっていたわけではありませんでした。でも心のどこかで、私が提示した「終わり」は堀江さんの好みではなかったのかもしれないな、という気はしていましたね。終わらないような終わり方もあったかなあと。つまりこの主人公たち二人がなぜ別れたかということを、読者は知る必要はなかったかも分からない。

堀江　終わらない感じだと堀江寄りになりすぎます（笑）。この終わり方はもちろんアリだと思います。十三通めに「ちょっと、旅に出ていました」という一文がありましたよね。それは半ば死に瀕したような状態からもう一度戻ってきた、そういうメッセージだと読んだんです。

　最初の手紙では「ぼくのなかのもうひとりのぼく」という言い方をしました。つまりこの世界ではない別の世界ということです。それでは「ぼく」自体はどういうところにいるのかというと、カミオカンデから想起した研究所のような場所です。そこへ女性がやってきて、すっと消えていった。あの研究所はこの世ならぬ場所で、「ぼく」はまぶたを閉じた人を待っている。どこにいるのかはお互いに知っていて、だけどそれを言いたくない。会える場所は一か所しかなくて、それを言わずにすませるのか、言ってしまうのか。手紙は確実に届いていたよね、という確認を最後にすることができればいいのではないか。そんなふうに考えたんだと思います。

小川　手紙は届いているけれど、まだちょっと、「私」の心や記憶がそちらに行くまではしばらく時間がありますので、もう少し待っていてくださいねと。

堀江　最後のコミュニケーションのためにまぶたを閉じたのかもしれない。交信が成り立っていることの不思議、どうして通じるんだろうとお互いに感じてもいる。なんでも分かってくれる、なにを言っても受け止めてくれる、という印象があるんですよね、「私」は。この「ぼく」という人は、色々なことを言って一生懸命気持ちを伝えていたとは思います。きっと「私」のことをまだ好きなんでしょうね。

小川　魂の再会。魂と言うときれいすぎますけど、別れの小説ではなくて、再会の小説でしたね。「哀しい秘密に、どこであなたは気づくでしょうか」と本の紹介文にありますが、その秘密は作為的に仕込まれたものではなかったんです。

堀江　読み返して下さる読者がいたとしたら、「ここかな？」というところが、読む人によってちょっとずつずれるかもしれない。解釈を固定したいのではなく、読み手・書き手として振り返ったときに何が思い出せるかという話をしました。いやちがうよ、そういうことだとここがおかしいじゃないですか、とかね、そのようなことはきっとあると思うんです。けれども書いているときには、何かの必然というか、偶然じゃないな、という感じはありましたね。

編集部　「偶然の重なりは、運命ではなく必然になります」という文章が六通目にありました。

小川　そして、その偶然を必然にするのが小説ですよね。

堀江　本当にそうですね。

声を届かせ、声を聞き取る

小川　我ながら『あとは切手を、一枚貼るだけ』というタイトルはよかったと思います。あとはほんとうに「切手を貼る」だけで、二人は再会できるっていうことですからね、と自画自賛して（笑）。連載なので先にタイトルを決めなくてはいけなかったんですけれど、このタイトルも偶然が必然になりました。

堀江　あとは切手を一枚貼るだけでよかったのに、そうしなかった、だからこうなったのか――という「条件法過去」みたいな、色々な含みのあるタイトルです。

編集部　この小説を今読み直して、二人の「距離」や「会えない時間」が、現在の厳しい国際情勢や新型コロナに関する状況を考えることにもつながりました。

小川　物理的には接触できなかったとしても、人間同士つながりたいと思えば、その方法はいくらでもある。それをみんなが今、一人ずつ自分なりに探っているのかなという気がします。直接会って、一緒にお酒を飲まないと付き合っていることにならないのではなくて、極端に言えば、この「あとは切手を貼るだけの二人」のように、時空の違う世界に離れ離れになった者でさえ、こんなに親密に語り合えることを、この本は証明していると思うのです。

堀江　書いたものが現実に近づいていく、現実が書いたものに近づいてくるということはどんな物書きにもあるものです。四通目に宇宙飛行士の話がでてきて、宇宙ステーションに滞在している間に国が変わってしまうという出来事を書きました。現在もそういうことになりかねない戦争が起こってしまっていて、予兆的なことを書いたというのはあります。

この小説に関しては、閉じこもるという今の状況に最もふさわしい世界を小川さんが最初から提示していました。そのなかで、どう声を届かせるか、どう聞き取るかということを、作品を書いたことで訓練できたと感じます。引きこもるような状況になったとしても、どこかに〈母船〉はある。「ぼく」と「私」のやりとりというのは、彼らの現在だけではなくて、過去の凄惨な出来事や、会えなかった「彼らではないカップル」のことなどを受けとめながら、それらを含めてこの物語の現在ということになっている。それはまだ続いていて、小説の世界は閉じられていない。二人の間にはまだ続きはあるのだろう、そういう気がします。

小川　つながり合えるというか、声が届く、声を届ける方法として文学は有効で、ひとつの役割を果たしていると思いますね。

＊この対談は二〇二二年四月、オンラインにて収録されました。

奇数回は小川洋子が、偶数回は堀江敏幸が執筆しました。

『あとは切手を、一枚貼るだけ』二〇一九年六月　中央公論新社刊
初出「アンデル　小さな文芸誌」二〇一七年七月号〜二〇一八年八月号

中公文庫

あとは切手《きって》を、一枚《いちまい》貼《は》るだけ

2022年 6 月25日　初版発行

著　者　小川《おがわ》 洋子《ようこ》
　　　　堀江《ほりえ》 敏幸《としゆき》

発行者　松 田 陽 三

発行所　中央公論新社
〒100-8152　東京都千代田区大手町 1-7-1
電話　販売 03-5299-1730　編集 03-5299-1890
URL https://www.chuko.co.jp/

DＴＰ　嵐下英治
印　刷　精興社（本文）
　　　　三晃印刷（カバー）
製　本　小泉製本

Published by CHUOKORON-SHINSHA, INC.
Printed in Japan　ISBN978-4-12-207215-2 C1193